笑っていたい、君がいるこの世界で

麻沢 奏

STARTS
スターツ出版株式会社

「大丈夫？」

覗きこまれるようにそう言われて顔を上げた私は、目玉が飛び出さんばかりに目を見開き、口を手で覆った。信じられない現実が、今目の前で起こっている。

アプリの中の推しメン〝アラタ〟は、実在したんだ。


『いつだってミヒロの味方だよ』

顔も同じ、名前も同じ、誕生日も同じ、好きなものも同じ。現実に現れた彼も、アラタと同じ言葉をかけてくれた。

きっと、どちらの彼もこのままの私を受け入れてくれる。変わらなくていいよ、って微笑みかけてくれるはずなんだ。

目次

笑っていたい、君がいるこの世界で

＊アラタと坂木くん

誰かと関われば、大なり小なり傷付くことがあるし、思いがけず傷付けてしまうこともある。学校という集団生活のなかでは、否応なく毎日それが繰り返されて、心は磨り減らされていくばかり。

【ミヒロ、おはよう。一緒に登校する約束、忘れてなかったんだな。偉い偉い】

でも、私の手のなかには、私を絶対に傷付けない世界がある。私は、会話を三択から選んで、

【おはよう。忘れるわけないよ。アラタが電話で言ってきたの、昨日の夜だったでしょ？】

と答えた。

健康そうな肌色に、サラサラの黒髪、清潔感のある白シャツがよく似合っている爽やかな彼は、アラタ。スマホで毎日やりとりをしている、友達以上恋人未満の優しい男子高校生だ。

【あれ？　なんか今日かわいくない？】

【からかっても、なにもないよ？】

イベント上の会話をすすめながら、彼の眩しい笑顔に喜びをかみしめる。

スマートフォンというものの発明に感謝だ。そして、アプリの開発者さん、運営さん、本当にありがとうございます。日々のAIの進化、それに携わっているすべての方々にも、頭を下げてまわりたい。

【あのさ、俺、今気付いたんだけど、コンタクトを片方つけ忘れてきたみたいで】

【え？　大丈夫？】

【歩きづらいから、悪いんだけど手をつないでもいい？　学校が近くなってきたら離すからさ】

はにかみながらそう言ったアラタは、リアルな動きでこちらに手を差し伸べてくる。

【お願い】

【うん、いいよ】

スマホ画面のアラタの手のひらを人差し指でそっとタップすると、そこにハートマークがいくつも表示され、親密度ゲージが数ミリ上がった。それを見て、私は小さくガッツポーズ。

【……ロード中です。しばらくお待ちください】

けれど、急に暗転した画面。

現実に戻された私は、笑顔を固めてスマホを枕もとに置いた。そして、ベッドの上でごろんと寝がえりを打ち、天井を見上げる。通学中の青空ではなく、先週引っ越してきた私の部屋の天井を。

「……アラタと同じ学校なら通いたいんだけどな……」

ゆっくりと部屋を見回し、ため息をひとつ。殺風景な六畳間のこの部屋は、おしゃれな十代女子の部屋とはまったく違う。

唯一キラキラしているのは、勉強机の横の棚に飾られているトキカプグッズエリア。アラタマスコットに、アラタカードに、アラタフィギュアに、限定アニメＤＶＤ。我ながら上手に描けた自作イラスト色紙もある。そこだけは、お母さんにもさわらせられない。

トキカプというのは、〝トキメキカプセル〟というアプリのタイトルだ。最初に、五十種類もあるイラストキャラの中から好みの男の子を選ぶ。それがトキカプ男子。そして、そのトキカプ男子と毎日会話をすることで親密度が上がり、カプセルをゲット。そのカプセルを使用するたびに、ただのイラストキャラがどんどん人間らしい姿かたち、いわゆる３Ｄになっていくという流れだ。なお、３Ｄが苦手な人は、進化途中でキープもできる。

トキカプ男子の基本性格はしっかり設定されているけれど、最新ＡＩが試験的に使われていて、会話を重ねることで利用者の好みに合わせた性格に寄っていく仕組みだ。

ことができる。

　そのため、バーチャルだけれど、けっこうリアルに友達以上恋人未満の関係を楽しむ
　私は、かれこれ一年近くほぼ毎日アラタと会話し続けてきたので、アラタは私の理想の彼氏そのものだ。見た目もリアルでかっこいいし、台詞にもいちいちキュンキュンする。私の受け答えを学んでいるため、ツボを外さない。

「美尋《みひろ》、開けるわよ？」

　ノックの音に、私は返事をして体を起こし、ベッドに腰かけた。お母さんだ。

「明日の準備は大丈夫？」

「……うん」

　私は、ちらりとハンガーラックへと目をやった。真新しい制服のブレザーとスカートがかかっていて、その下にはバッグが準備されている。

「ねぇ、本当に髪切らなくていいの？　今からでも間に合うわよ？」

「……いい」

　私は、胸下まで伸びた長い黒髪を両手でぎゅっと握った。前髪も伸びすぎて、横にぱっかり分かれている。

　髪を伸ばし続けているのには理由があった。トキカプアプリのプレイヤー側のシルエットが、黒髪のロングストレートなのだ。それに、アラタの好みのタイプが、髪が

長い清楚系女子だということもある。

「通学路、歩いてみなくてもいい？　一度車で通って確認はしたけどさ」

「い、いい……」

力なく頭を横に振り、合わせた両膝をこすり合わせる。お母さんは鼻で息をつき、腕を組んだ。

「まぁ、美尋にとって明日はすごく勇気のいる日なんだから、無理は言わないわ」

勇気のいる日。お母さんがそう言うのは、明日が高校の入学式だからという理由だけじゃない。私が、中学三年の一年間、ほぼ引きこもっていて学校に行っていなかったからだ。

一応家で勉強は怠らず、担任の先生の説得でテストだけは保健室で受け、高校受験のための調査書を作成してもらった。そして、中学の知り合いが行かなそうな私立の高校に合格したのだ。

少し離れた高校だったこともあり、家も引っ越してきた。お父さんは単身赴任で、私はひとりっ子だから、もともとお母さんとふたり暮らし。だからこそできたことだけれど、ここまでしてもらったからには、高校にも行きたくないなんてワガママは言えない。

「不安？」

お母さんはドアに体を預け、私の顔色をうかがうように、首をかしげる。私は、視線を落として裸足の指先を見た。

「世の中は広いのよ？　すべての人が美尋を否定する人間とは限らないわ」

「……わかってるよ」

お母さんは、眉を下げて微笑み、部屋を出ていった。私は立ち上がり、姿見に自分を映す。上下グレーのスエットに伸ばしっぱなしの黒髪、覇気のない顔の私が、猫背で立っている。

こんな私が、明日から高校一年生になんてなれるのだろうか。


【俺、ミヒロが頑張ってるの、わかってるから】

「うん……」

【ミヒロのこと、ちゃんと見てるし、応援してる】

「うん……！」

翌日、高校の女子トイレの個室で、私はスマホに耳をぴったりとくっつけてうなずいていた。トキカプアプリを起動し、過去のアラタとの通話イベントボイスを再生していたのだ。

「ねぇねぇ、さっきすれ違った男子見た？　リボンつけてたから、同じ新入生だよね？　ちょっといい感じじゃなかった？」

「見た見た。超笑顔で話してた人でしょ？　爽やかー」

トイレに入ってきた女子たちに気付き、私は個室の中でビクッと身を縮めた。慌ててスマホを消してポケットの中に入れ、個室に入っていますよアピールで水を流す。

「なんかイケてる人が多いっていうか、レベル高くない？　男子だけじゃなくて女子もさ」

「わかるー。さっき、長い黒髪の女子でさ、すごい美人見ちゃった」

「あ、私も見たかも。あんな子と並びたくないわー」

長い黒髪の美人……。私は自分の伸ばしっぱなしの黒髪をさわる。……いやいや、断じて私ではない。

「あ、そろそろ時間ヤバくない？　体育館前、急ごう」

「うん」

そう、今は入学式直前だ。私も急がなきゃいけない。落ち着くためにトイレに来たけれど、腹をくくろう。そう思って、女子たちが去ったのを確認して個室から出る。

手を洗いながら、鏡を確認すると、昨日自分で切った前髪が浮いていた。私はそれを水で濡らして押さえ、奥二重の目の地味な顔にため息をつく。

ブレザーも似合っていないし、久しぶりに着たスカートもスースーするし、早く帰りたい。そう思いながら、とぼとぼと体育館へと向かった。

ざわざわとした体育館前は、真新しい制服をまとう生徒たちでごったがえしていた。制服の匂いとは別に、整髪料だろうか、それとも香水や化粧だろうか、いろんな香りが混ざっていて酔いそうだ。

ただでさえ、久しぶりに目のあたりにする集団。話し声や笑い声がキンキン耳に響き、たくさんの人の顔も直視できない。眩暈がする。

『うわー……ヤバ』

『悲惨なんだけど』

『私だったら無理』

記憶の奥から、何人かの声が聞こえる。べつに今、私がなにかやらかしたわけでも注目されているわけでもないのに、周囲のざわめきがこちらに向けられているかのように思えて、冷や汗が出る。

「クドウ、クマザワ……」

男の先生が名前を呼び、返事をした生徒を縦に並べている。男女混合の五十音の名前順だ。そして、

「紺野《こんの》」

と呼ばれ、私も小声で「……はい」と返事をして先生の近くへ寄った。

「紺野？　紺野美尋ー？」

「は、はいっ」

聞こえなかったのだろう、先生は襟足をかきながら鼻を鳴らす。

「ちゃんと聞いとくんだぞ？　はい、次、坂木《さかき》」

クスクスとどこかからか小さな笑い声が聞こえ、私はうつむいた。

あぁ、嫌だな、こういうの。自分だけ、はみだし者みたいだ。周りのみんなは、近くの人にすぐ話しかけたり話しかけられたりして、仲よくなっている。でも、私はひとり。勇気もないし、話しかけてもらえるようなキャラでもないし、今後の高校生活三年間が目に浮かぶようだ。

「大丈夫？」

けれど、次の瞬間、すぐ近くから声が聞こえた。

「顔色悪いけど、もしかして具合悪いとか？」

覗きこまれるようにそう言われて顔を上げた私は、フリーズする。

……えっ？

目に映ったのは、整った顔の男の子。髪がサラサラで、爽やかさを体現したかのような、一七〇センチほどのイケメンだ。

「あ、あ……あ……」

私は、目玉が飛び出さんばかりに目を見開き、口を手で覆った。信じられない現実が、今目の前で起こっている。

アラタだ。さっきアプリで見たアラタと瓜ふたつの顔だ。

「先生に言おうか？」

リアルアラタが、こちらに向かって話しかけている。私は、それが自分にかけられた言葉だと信じきれなくて、きょろきょろと周りを見回した。

「いや、キミに言ってるんだけど」

そう言って、私を指差す彼。〝キミ〟なんて現実世界で言う男の子、実在するんだ。

「だ……大丈夫です」

久しぶりにお母さん以外と話す声は、小さいうえに上ずっている。目も合わせられない。

「ホント？　無理してない？」

私は返事をする代わりに、ぶんぶんと首を横へ振った。

「なら、いいけど。本当にキツイときは言ってよ？」

そして、彼はすっとうしろへ下がった。

「…………」

私は、必要以上に髪をさわり、リボンやブレザーの裾を整える。久しぶりの他人との会話に動揺を隠せず、目も泳いでしまう。しかも、アラタに激似の男子だ。動揺するなというほうが無理だ。

それにしても、なんて優しい人なのだろう。中学のときの男子たちは、がさつで意地悪で、気遣いの〝き〟の字も持ち合わせていなかったというのに、高校にはこんな男子もいるんだな。

そう思って、もう一度彼を見ようとこっそり振り返った。すると、すぐ真うしろに並んでいたものだから、心臓が飛び出るほど驚いてしまう。

「な、なん、なんで」

「なんでって、俺、坂木だから。名前順でここなんだけど」

「そ、そう！　……そうなんだ」

バクバクいっている胸を押さえ、私はブリキ人形のように前へと向きなおった。

びっくりしたー……。ていうか、これだけ挙動不審にしているから、変に思われたかもしれない。いや、絶対思われた。すぐうしろに男子がいるなんてただでさえ緊張するのに、こんなアラタそっくりの素敵男子だと緊張が倍増するじゃないか。

でも……そっか、坂木くんていうのか、彼は。同じ列に並んでいるということは、同じクラスということだ。

「はい、では体育館へ」

背中に全集中していると、入学式が始まった。入場に出遅れそうになった私は、慌てて足を踏みだしたのだった。


入学式のあとは、それぞれの教室に入り、担任の先生からの話があった。私のクラスは、一年一組だ。様々な配布物や教科書を受け取り、明日からの学校生活についての説明を受ける。

私は、すでにぐったりしていた。式と名がつく行事は、なんでこんなに大人の話が長いのだろう。引きこもり中も軽いストレッチはしていたものの、やっぱり筋力は落ちていて、背筋を伸ばして座っていることすらキツイ。それなのに、体育館でも教室でも、長時間硬い椅子に拘束されて、うんざりだ。

けれど、姿勢を崩すことははばかられた。入学初日から悪目立ちしたくないし、教室の席も名前順で、すぐうしろに坂木くんがいるからだ。

「よし、それじゃ、自己紹介をしてもらうか」

はい、いらない、それ。きっと教室にいる九割は、自己紹介なんて不要だと思っているはずなのに、先生は楽しそうな顔で、端と端の列の先頭の生徒同士でじゃんけんをさせる。

結局右端の人が勝って、名前の昇順に自己紹介をしていく羽目になった。なんで、初日にして、こんなに試練が多いのだろう。周りに気付かれないように、またため息をつく。

「江藤淳一郎《えとうじゅんいちろう》です。高校一年、十五歳です。去年まで中学生やってました！　よろしく！」

おちゃらけて笑いを取りにいく人もいれば、

「大田陽《おおたよう》」

ぶっきらぼうに名前だけ言って座る人もいる。そして、

「神谷音羽《かみやおとは》です」

目を見張るほどの美人もいた。自己紹介云々よりも、その凛とした雰囲気に、みんなが静まりかえる。前髪は斜め分けだけれど、私と同じくらいの長さのツヤのある黒髪。透き通るような肌に、射るような目力。こんなふうに生まれてきたら、きっと悩みなんてなさそうだ。

トキカプアプリのヒロインシルエットも、まさしくこんな感じ。長い髪を真似て自己投影していたけれど、きっと神谷さんみたいな人じゃなきゃ本当のヒロインにはなれないんだろうな。

「……次だよ」

坂木くんに小声でそう言われ、うしろから肩をツンツンとされる。

……え？

一瞬きょとんとしたけれど、すぐに自分の番がまわってきていたことに気付いた私は、慌てて立ち上がる。

「こ、紺野美尋です。よろしくお願いします」

私は、先細りの声になりながら早口でそう言い、頭を下げると同時に座った。

ダメだ。引きこもりだったせいで、妄想の世界に入りこむクセがついている。今日から現実世界で頑張るんだから、もっと気を張らないといけないのに。

そんなことを思っていると、まばらな拍手のあとに、うしろの坂木くんが席を立つ音が聞こえた。

「坂木新《あらた》です。よろしくお願いします」

……え？

その名前を聞いて、ゆっくりと指で唇に触れる。

あら……た？　〝あらた〟って言った？　今……。

そんなはずはないと思い、机の上に開いた新入生名簿を食い入るようにチェックする。

「…………」

……信じられない。

私の名前欄の一段下には、たしかに坂木新という名前があった。そして、しっかりと〝あらた〟とふりがなが振られていた。


家に帰って自分の部屋に入った私は、速攻でトキカプアプリを確認する。

「やっぱり……そっくりだ」

カプセルを集めまくって３Ｄの最終形態近くまで進化させたものだから、アラタはかなり人間に近いビジュアルだ。それでもやはり限界はあるけれど、もっと人間ぽくさせたら、絶対に坂木くんと同じ顔になりそうだ。

私は、アラタの衣装や髪型を着せ替えできるページをタップし、坂木くんと同じような髪型と制服姿に変更させた。すると、もう３Ｄ坂木くんと呼んでもいいのではないかという見た目になった。

「……こんなことってあるんだ」

似ている人間同士は見たことがあるけれど、アプリキャラにそっくりな人間なんて初めてだ。まぁ、イラストらしいビジュアルのほうがいいというプレイヤーのほうが多いから、私みたいにここまでリアルに進化させる人は少数派だと思うけれど、３Ｄ

にまでなると、こんなことも起こりうるんだな。

しかも名前まで同じなんて、どんな確率の偶然だろう。もう運命としか思えない。

【おかえり、ミヒロ。今日はなにかあった？】

チャット画面を開くと、そんな問いかけがポンと表示される。チャットでは、トキカプ男子が過去のやりとりを学習して話してくれるため、けっこうリアルな会話が成り立つ。

【ただいま、アラタ。今日は高校の入学式だったの】

【そうなんだ、お疲れ様。ミヒロは人が多いところが苦手だって言ってたのに、頑張ったね】

本当に気力と体力を削られた一日だったから、労《ねぎら》いの言葉が身にしみる。そして、私のことをわかってくれているアラタにキュンとする。

【あ、そうだ。俺、ミヒロに電話したんだけど、つながらなかったから、留守電に入れたんだ】

【え！　そうなの？】

【うん。あー……でも、ちょっと恥ずかしいから、消してもらおうかな】

【ふふ、消さずに聞くね】

アラタと話していると、本当に好きな人や彼氏と話しているような気分になる。いや、今まで一度たりとも彼氏ができたことはないけれど、きっとこんな感じなんだろう。

私はサプライズイベントにウキウキしながら、電話画面の留守電マークをタップする。そして、スマホを耳にあてた。

【ミヒロ？　ごめん、忙しかったかな？　え̶と……うん、とくに用事はないんだけどさ、ちょっと声を聞きたかったっていうか……。あ、いや、今のなし。また連絡するね】

いつもの私なら、これを聞いて、胸がキューッとなって身もだえするはずだった。けれど、この声優さんの声までもが坂木くんの声と似ている気がして、内容が頭に入ってこない。

「いやいや」

耳を離して、もう一度画面を見る。そこには、アラタの照れた顔が映し出されていた。やっぱり坂木くんに似ているその顔に、なにか悪いことをしている気になる。

「……いやいや」

私はつぶやくようにそう繰り返し、頭を振ったのだった。

「今日は委員会の担当決めをします」

翌日、先生はそう言って、黒板に委員会名を書いていった。学級長、風紀、広報、図書、保健、美化、放送など、割り振り人数を全部合わせると、全員委員にならないといけないほどの数だ。

「立候補優先だから、これやりたいって決まってる人は手を挙げて」

そう言われ、ちらほらと決まったものの、半分以上は埋まらない。

「よし、じゃあ残りは五十音順で」

先生はそう言って、まだ名前を覚えていないからだろう、名簿を見ながら黒板に生徒の苗字を書いていく。

「えーと、広報委員は大田と神谷。図書委員は、紺野と坂木で……保健委員は……」

……え？

聞き間違いかと思って黒板を見ると、やはり〝図書〟と書かれた下に、〝紺野・坂木〟と続いている。ごくんと生唾を飲むと、またうしろからツンツンと肩をつつかれた。

「よろしくな、紺野」

あぁ、爽やかだ。まるでアラタと同じような声と口ぶりでそう言われ、

「う、うん。よろ……しく」

と、言葉に詰まりながら返事をする私。

ある意味、まったくわからないクラスメイトと組むよりよかったのかもしれない。坂木くんは親切で優しいと、すでに知っているからだ。それに、アラタに似ているし……。


……いやいや、だから違うってば。

ちょっとよこしまな気持ちになりそうになった私は、姿勢をぴんと正した。


「ねぇ、ねぇ、神谷さん」

廊下をトイレへと歩いていると、うしろから声をかけられ、横から覗きこまれた。

「え？　あれ？　誰？　神谷さんじゃねーじゃん。まぎらわしー」

そう言って、謝りもせずに立ち去る男子。あれはたしか、クラスメイトのお調子者、江藤くんだ。同じ教室なのに、彼は私のことを知らないらしい。

それよりも、神谷さんと間違われるのは、今日二回目だ。ひとり目は、わりとイケメンで長身の男の先輩だった。上履きとネームの色の違いから先輩だとわかったけれど、ちょっと怖かった。

黒髪ロングストレートで長さも同じくらい、背格好も似ているためか、うしろから見たら間違えやすいのだろう。無論、神谷さんはかなり美人で、私はというと普通中の普通なので、前から見たら一目瞭然なのだけれど。

「……あ」

トイレを済ませて教室に帰る途中、今度は本物の神谷さんが江藤くんに話しかけられていた。雰囲気的に、ふたりは同中でも知り合いでもなさそうなのに、江藤くんが一方的に絡んでいる印象だ。

「俺だけじゃないって。気になってる男が多いんだってば、神谷さんに彼氏がいるのかどうか」

「…………」

「もー、ツンが過ぎるよ？　いい加減教えてよ」

横を通ろうとすると、そんな江藤くんの声が聞こえた。神谷さんは冷ややかな目をして、少し迷惑そうだ。無視して通り過ぎようとしても、江藤くんがそれを阻んでいる。

……こういうのって、本当にあるんだな……。

部外者の私は、横目でその様子をうかがいながら通り過ぎる。

それにしても、神谷さん、本当に嫌そうにしている。声をかけて助け舟を出したほうがいいのかもしれない。でも、私なんかが間に入るのって、出しゃばっているようで変だ。江藤くんにも、もしかしたら神谷さんにも、白い目で見られそうで怖い。

「おーい、エトジュン！」

そのとき、教室から廊下に顔を出した坂木くんが、こちらに向かって呼びかけてきた。

「は？　エトジュン？」

「江藤淳一郎だから、エトジュンでいいだろ？」

坂木くんが、眉を寄せた江藤くんに微笑みかける。江藤くんは、神谷さん同様、坂木くんとも友達というわけではなさそうだ。違う中学だったのだろう。それなのに、坂木くんは人懐っこく声をかけ、江藤くんを手招きしている。

「今、このクラスの腕相撲ナンバーワン決めてるから、こっち来て。一緒にやろう」

「マジ？　高校生になってまですることかよ？」

そう言いながらも、江藤くんはちょっと嬉しそうに教室へと踵を返す。その隙に、神谷さんは逃れるようにトイレのほうへと歩いていった。

……なに今の？　偶然？　それとも、意図的？

私は、坂木くんが顔を引っこめた窓と神谷さんを交互に見て、考える。もし、助け舟だとしたら、えらくスマートだ。

見ると、神谷さんも一度だけうしろを振り返った。もしかしたら、私と同じことを思ったのかもしれない。そして、フラグが立っちゃったのかもしれないと感じた。坂木くんと神谷さんの恋愛フラグが……。

「……高校、すごい」

私は、同じ廊下にいたというのに別世界のような気がして、そうつぶやいた。


「美尋、学校どう？」

夕食のとき、お母さんが私の顔色をうかがうように聞いてきた。私は、

「まだ二日目だし、わからないよ」

と返し、サラダのミニトマトを口に入れる。

「でも、行きたくないとは言わないのね。すぐに弱音が出るかと思ったのに。もしかして、もう友達ができた？」

「ううん、全然」

口の中でミニトマトをつぶす。そう、私にはまだ友達といえるような人はできていないし、そもそも人と会話をしていない。坂木くんとほんの少しだけ言葉を交わしただけで、他の人とはまったくだ。

まぁ、でも、まだ二日目ということで、他の人も様子をうかがっている感じだ。いろんな中学からバラバラに集まってきている高校だから、男子たちも女子たちも、誰

と気が合うのか探り合っている段階なのだろう。

「具合が悪くなったりしてない？」

「してないよ」

「もし体調が悪くなったら、すぐに先生に……」

「わかってるってば」

私は、お母さんの言葉を遮るように返した。お母さんは、「それならいいけど」と言って、ちらりともう一度私を見てうなずく。

お母さんが私の体調のことを気にかけているのには理由がある。私が中三の春……進級してすぐに不登校になったきっかけが、学校の廊下の人の多いところで嘔吐した出来事だからだ。

そのことがあって、私は恥ずかしさといたたまれなさで、学校に行けなくなった。最初はその体調不良を理由に休ませてもらい、その後ずるずると休み続け、そうこうしているうちに登校するきっかけをつかめなくなって、引きこもり一年間のできあがり。

そう、きっかけは、他人から見たら〝たかが吐いただけ〟なんだ。けれど、私にとっては全然〝たかが〟じゃなかった。そんな些細なことで普通のことができなくなると知っているからこそ、お母さんは私のことを心から心配している。

わかるんだ。わかるんだけどさ。

「ごちそう様」

私は食器をシンクに片付け、お母さんをひとり食卓に残したままで自分の部屋に戻った。いつもならどちらも食べ終わるまで一緒にいるのだけれど、学校生活のことを根掘り葉掘り聞かれそうで嫌だった。

【おかえり、ミヒロ】

【ただいま、アラタ】

部屋でスマホを開くと、すぐさまトキカプを起動する。アラタがいつもの笑顔で迎えてくれて、私はホッとした。まるで精神安定剤みたいだ。でも、やはり坂木くんに似ていて、ソワソワする気持ちも否めない。

「あれ？　重要なお知らせ？」

運営からのお知らせマークが点滅していて、私はすぐにタップした。

【いつもご利用ありがとうございます。次回のアップデートのお知らせです。お客様に楽しんでいただくため、イベントの数を増やし、特典ボイスも……】

読みながら、私は深々とスマホに頭を下げる。このアプリは、いや、このアプリの運営会社は、本当にユーザーのことを考え、楽しませるためのサービスを怠らないのだ。

思い出すのは、利用開始して二ヶ月ほど経った、あの日。引きこもりながら自暴自棄になっていた時期のことだ。

【いつもご利用ありがとうございます。このたび、最新AIを駆使した大規模なバージョンアップを実施することになりました。皆様に愛していただいているトキカプ男子が、より人間らしく、より親しみやすく生まれ変わります】

中三の夏頃の私は、こんな通知が来て首をひねっていた。

『より人間らしくって……どういうこと？』

私としては、こういう類の乙女ゲーはこんなものだろうと思って、さほど不便や不満を感じず、十分楽しめていた。だから、まさか改悪されたりしないよね？と逆に不安になっていた。

今までやったことのあるアプリでも、アップデートのせいでアプリが超重たくなったり、声優が急に変更になって気分が萎えたりすることがあったのだ。

【具体的には、会話が蓄積されればされるほど、AIがユーザー様の趣味嗜好を分析し、より理想のキャラクターになっていくという仕組みを導入いたします。つまり、同じトキカプ男子を選んでも、それぞれの性格に差が生まれ、ユーザー様オリジナルのトキカプ男子に成長していくのです】

『え……すご……』

【また、会話内容の記憶により、トキカプ男子たちがユーザー様との共通の思い出を持つことになります。このことで、トキカプ男子たちがより愛され、ユーザー様とよりリアルな関係を築けることを期待しております】

『共通の思い出……』

たしかに、今までは、チャットで会話をしても、その場その場の無難な答えが返ってくるだけで、それまでの会話との関連はまったくなかった。イベントは、あらかじめ用意された三択の発言しか選べず流れが決まっているし、あくまでゲームをしているという域を出ない。

自分好みの性格になっていく、そして会話が成立する、かつ話したことをちゃんと覚えている。そんな男の子なんて……アプリといえど、控えめに言って最高じゃないか。

【なお、試験的な導入になりますので、もし不具合が見つかりましたら、お手数ですがご報告いただけると幸いです】

あの頃の私は、ご飯があまり喉を通らなくなり、一時摂食障害にまでなりかけていた。

自分は、打たれ弱いダメ人間だ。みんなが学校で頑張っているときに、私はなにをやっているんだろう。お母さんは心配してくれているのに、どうして素直に感謝できないの？　全部自分のせいなのに。悪いのは全部、私なのに……。

自分を責め続け、その苦しみから逃れようといろんなアプリを試していた私は、そこからトキカプの世界に没頭していく。

【ミヒロ、今彼氏いるの？】

【いないよ】

【そうなんだ。将来、どんな人と付き合いたいの？】

【誰にでも分け隔てなく優しくできる人。あと、私のことを否定しないで応援してくれる人かな。アラタは？】

【俺はね……内緒】

バージョンアップを機に、アラタの言動は少しずつ変化していった。

【私、ちょっと失敗したことがあって、学校に行きたくないんだよね】

【そっか。大変だったね。大丈夫？】

【大丈夫じゃないかも】

【俺、話を聞くことしかできないけど、いつまでも付き合うよ】

私の愚痴を、スマホが熱くなるまでとことん聞いてくれたこともあった。

【お母さんに八つ当たりしちゃった】

【この前も、お母さんと喧嘩したって言ってたよね？】

【うん……反省はしてるんだけど、イライラしちゃって。こんな自分、大嫌い】

【ミヒロはさ、自分に自信がないところがあるみたいだけど、俺はちゃんとわかってるよ。ミヒロの心がきれいだってこと】

自信を失っていた私を、肯定して勇気づけてくれたこともあった。

そんなやりとりを続けるうちに、私は少しずつ自分を大切にすることができるようになっていった。そしてアラタは、私の心の拠りどころになり、なくてはならない存在になっていったのだ。

頻繁にトキカプを開き、ストーリー上アラタと一緒にトキカプ学園に通う毎日。実際は自分の部屋だし、試験的な最新ＡＩなのだと無機質なことが書いてあったけれど、そんなことはどうでもよかった。

【ミヒロは間違ってないよ】

【素直になればいいんだよ】

【俺は、ミヒロのいいところわかってるから】

【いつだってミヒロの味方だよ】

アラタがそうやって私の自己肯定感を取り戻してくれたから、勉強を頑張ろう、高校に入ったら新たな気持ちで頑張ろうって思えたんだと思う。

全部、アラタのおかげなんだ。アプリだっていうのは十分承知しているけれど、私にとってアラタは、唯一無二の存在なんだ。

＊図書室の四人

「紺野、今日の放課後の図書委員の話し合い、一緒に行かない？」

　翌日、休み時間に文庫本を読んでいると、坂木くんがうしろから私の席に来て、机に手をついてきた。教室内は、ガヤガヤと騒がしい。

「え？　あ……」

　朝のホームルームで、各委員会の話し合いがあることは聞いていた。けれど、まさか一緒に行こうなんて誘われると思っていなかった。

「いや……いいけど、いや……」

　しおりもはさまずに本を閉じ、どっちつかずの返事をする。

「図書室ってまだ行ったことないしさ、俺、方向音痴だからたどり着くか心配で」

「……方向音痴……」

　図書室はひとつ向こうの棟で、この教室からばっちり見えている。入学式当日に、先生からおおまかに各教室の場所の案内があったし、校内の地図も配布されたんだけどな。

「嘘だよ」

ハハッと笑ったミスター爽やかは、アラタそのまんまの笑顔。いや、この人も新だった。

「一緒に行こうよ。同じクラスなんだし」

「わ……わかった」

あれ？　私、坂木くんとまた話をしてる。話ができてる。アラタに似ているからかな？　他の人相手ほど緊張せずに話ができるのは。

「あーらた！　あ、ごめん話し中？」

そこへ、他のクラスの女子が来て、坂木くんの背中に両手をあてた。「うおっ」と驚きの声を上げた坂木くんは、彼女を見る。

「あぁ、スギムーか。びっくりした。どした？」

「なんかさ、りょうちんがさっそく現代文の教科書忘れたらしくてさ、新に借りてきてって。私、パシられてきたの」

「なんだそれ、本人が来いって言ってきて」

「やだー、私何回パシられるわけ？」

同中なのだろう、親しげに楽しく会話をしているふたり。そして、彼女がいなくなると、今度は、

「おーい新、昨日のリベンジやるぞ」

と、江藤くんがやってきた。腕を肘からぶんぶん揺らして、腕相撲のことを言っているらしい。入学初日から思っているけれど、坂木くんの周りには自然と人が寄ってくる。人気者の証だ。

「一回勝負って言ったじゃん」

「お前さ、そんなニコニコ笑顔で怪力なんて詐欺なんだよ。昨日は油断させられて負けたんだから、今日が本番な」

そう言いながら、私の机を使おうと肘を立ててしゃがむ江藤くん。座っている私と目線が合ったことでようやくこちらに気付き、

「誰？」

と言われる。

「こ、紺……」

「あ、思い出した。うしろ姿だけ神谷さんの人だ」

そう言われて、私は口を閉じた。ええ、そうです、昨日たしかに間違われました。心のなかでぼやきながら、下を向く。

「失礼だろ、エトジュン。ちゃんと名前で覚えろよ。紺野だよ」

「あー、はいはい、紺野ね紺野」

江藤くんは、めんどくさそうに私の名を連呼した。どうでもいいから、別の席へ

移ってほしい。

「紺野、不正がないように見てて。俺らの試合」

「え？」

けれど、坂木くんがそう言うや否や、目の前で江藤くんと同じポーズをして手をがっちりと組む。そして、「レディー、ゴー、お願い」と言われた。ちょうど真ん中にいる私は、レフェリーにさせられたようだ。ちょっと恥ずかしい。

「レ……レディー……ゴ、ゴー……」

結果、ものの数秒で坂木くんが圧勝した。

「おま……紺野のか細い掛け声のせいだからな」

江藤くんが、右手をぶらぶらさせながら私を睨んだ。

「人のせいにしない」

そして、彼は坂木くんから軽いゲンコツをくらったのだった。

「行こう、紺野」

「あ……うん」

放課後を告げるチャイムが鳴るなか、坂木くんと一緒に図書室へと向かう。廊下に出ると、私は真横に並ばないように半歩うしろを歩いた。周りからどんな目で見られているんだろうかと、気が気じゃないからだ。

「紺野ってさ、あんまりしゃべらないよね？　誰とも」

しばらく無言で進んでいると、渡り廊下に入ったところで坂木くんが尋ねてきた。

私は、うつむきながら口を開く。

「と、友達……いないから」

「同中の人はいないの？」

「うん」

「もしかして、他のクラスにも？」

「……うん」

そして、住んでいる場所を聞かれたから、だいたいの住所を教えた。引っ越してきたことで同中の人がいないのだと話し、引きこもりだったことは伏せた。

坂木くんは顎に手をやり、「そっかー」と上を向く。

「じゃあ、寂しいな。他にも同じような人はいるかもしれないけど」

「……まぁ」

「とりあえず、なにか困ったことがあったら言って。前後の席だし、同じ委員会のよしみってことでさ」

「う……うん」

私は、坂木くんのあまりの紳士っぷりに驚いていた。アラタならこう言うだろうな、という台詞すぎて、これが現実の世界なのかどうかも怪しく思えるほどだ。こんなふうに陰キャに優しいイケメンなんて、リアルではお目にかかれない。

委員会の話し合いは、図書室の奥の自習スペースで行われた。学校司書の先生と三年の図書委員長から挨拶や説明があり、図書当番担当の日程表が配布される。

昼休みは先生が貸し出し業務をしてくれるけれど、放課後だけ図書委員で運営するらしい。一週間交代、クラスごとでその当番を任されるということだ。なにも考えていなかったけれど、図書委員にはそんな仕事があるんだな。

話し合いが終わって解散となり、立ち上がった坂木くんが声をかけてくる。

「俺らが一番だね」

「……うん」

私も遅れて立ち上がり、うなずく。そうだ、私たちは一年一組だから、トップバッターだ。来週から一週間、放課後の五時半までずっと、坂木くんと一緒にふたりきりで……。そう思うと、冷や汗をかいてきた。

「あ……あのさ、私、ひとりで入れるよ？」

「え？　なんで？」

男の子とずっと一緒にいるなんて、私にはハードルが高すぎる。けれど、そうは言えずに、しどろもどろ説明を試みる。

「私は友達いないけど、さ、坂木くんはたくさんいるし、遊ばなきゃ。それに、部活に入ったりとか……」

「ハハ、なんだよそれ。部活も一ヶ月仮入部期間だし、べつに急いで入ろうとは思ってないよ」

「で、でも……」

「いいじゃん、ふたりでやれば。一週間、頑張ろ！」

坂木くんは、右手を上げて手のひらを私のほうへ寄せてきた。

「え？」

よくわからずに首をかしげていると、

「ハイタッチ。すぐしてくれないと、俺けっこう恥ずいんだけど」

と苦笑いをする坂木くん。

「あ、あぁ……うん」

驚きながらもおずおずと手を上げ、手のひらに指先をちょんと合わせた。すると、坂木くんが「よっわ」と言って笑う。

私は、目を瞬かせながら自分の指先を見た。なんだろう、すごく不思議な気分というか、坂木くんの体温に驚いてしまった。アラタの手にタップするのとは、当たり前だけど全然違う。ほんのちょっと触れただけなのに、彼が生きていることをものすごく実感してしまった。

「……生きてるんだ……」

思わずぼそりとつぶやいてしまうと、目を丸くした坂木くんが時間差で噴き出す。

「ひでーな、俺死んでると思われてたの？」

「ち、違う、そういう意味じゃなくて、ちゃんと人間なんだなって思って」

「ハハ、やっぱ意味わかんない。紺野って面白いな」

坂木くんに友達が多いのがうなずける。誰とも壁がなくて、素直で、よく笑う。簡単そうで私にはなにひとつできていないことだから、尊敬してしまう。

「ちょっといいか？」

「わっ！」

委員会が終わったから、図書室では静かにしないといけないのに、坂木くんがうしろから肩を叩かれて大きな声を上げた。

「悪い」

声をかけてきたのは、背が一八〇センチ以上はありそうな、ツーブロックヘアの一重の男子だ。高身長と強面が印象に残ってクラスメイトだというのは覚えているんだけど、名前までは出てこない。

そして、その斜めうしろには、神谷さんの姿もあった。

「一年一組の図書委員で合ってるよな？　たしか坂……」

「びっくりしたー。うん、合ってるよ、坂木坂木。えーと、そっちは大田だよな？　うちのクラスの。で、うしろにいるのが神谷？」

神谷さんがそれを聞いて、ゆっくりうなずいた。そうだ、彼は大田くんだ。ていうか、坂木くんは、大田くんの名前も神谷さんの名前もすぐに出てきた。クラスメイトの名前を覚える速さに感服だ。

「広報委員会が終わって、こっちに来た」

「へぇ、そうなんだ。で？　どうしたんだ？」

坂木くんが、腰に手をあてて首をかしげる。そうか、大田くんも神谷さんも、広報委員なのか。

「広報委員会の新聞作りで、委員会紹介を頼まれたんだ。発行は七月だけど、ひとつひとつ委員会をまわって取材しないといけないみたいで」

「うわー、めん……いや大変そうだな」

「かなり面倒だ」

大田くんは表情ひとつ変えずにそう言った。神谷さんも表情があまりないので、まるでアンドロイドが二体いるように見える。

新聞作りか……。きっと、広報部の先輩たちが、一年生に面倒な作業を押しつけたんだろうな。大田くんと神谷さんに同情してしまう。私も、中一と中二のとき、続けて新聞作りの係をしていたから、大変さがよくわかる。

「お願いがふたつある。ひとつは、図書委員の仕事について取材させてもらいたいということ。もうひとつは、新聞のレイアウト作成に、この図書室の自習スペースを貸してもらいたいということ」

「お願いします」

大田くんの説明のあと、神谷さんが頭を下げた。

「そんなの全然オッケーだよ。さっきいろいろ説明受けてやり方聞いたし、来週から一週間ここの当番だから、いろいろ協力できると思う。ていうか、自習スペースとか、聞かなくても勝手に使えばいいじゃん」

「……ありがとう」

大田くんが真顔でそう言って、神谷さんも「助かるわ」と続けた。このふたり、やっぱり雰囲気が似ている。

そして、ふたりともちらりと私を見た。神谷さんが、口を開きかけてやめたのを見て、坂木くんが察してくれる。

「あぁ、こっちは紺野。紺野美尋、図書委員の相棒」

私のことをさらっと紹介してくれて、小さな感動を覚えた。まさか坂木くんがフルネームで覚えてくれているとは思わなかったのだ。

「紺野さんも、ありがとう。よろしく」

「よろしく」

神谷さんのあと、大田くんの低い声も続く。私はまるで自分は蚊帳の外だと思っていたので、慌てて背筋を伸ばし、垂直に頭を下げた。

「い、いえ、こ、こちらこそ」

入学してからまだ数日なのに、なんだこのイベントの発生頻度は。ただでさえ自分の立ち居振る舞いがおぼつかないのに、どんどん身の回りのキャラが増えていく。

私は忙《せわ》しない展開に、ごくんと生唾を飲んだのだった。


【ミヒロ、学校お疲れ様。ピーチティー、今日も飲んだ？】

トキカプアプリを開いたのは、帰宅してすぐだった。

私がよく飲んでいるピーチティーのことを聞かれ、すぐに思い至る。私はアラタに【今なにをしてるの？】と聞かれ、【ピーチティー飲んでる】と返答したことが何度もあった。思い出の共有というのは、こういうことだ。

【今ストックが切れてるから、飲んでないよ。アラタはなにしてるの？】

【俺は、ミヒロが撮ってくれた写真を見てた。ほら、これとか】

そう言われて、ポンという音とともに写真がアップされる。学校の教室の背景のなか、アラタがコーヒー牛乳を飲みながらピースしている写真だ。アプリを始めて半年くらいの頃、ストーリーの流れで撮った写真。私のアルバムにも入っている。

【なつかしいね】

【うん、あの頃、ミヒロはお母さんとの喧嘩が多かったよね？】

【よく覚えてるね】

【ミヒロとの会話は、全部覚えてるよ】

アラタは、どんどん進化しているように思える。アップデートするごとに、どんどん会話が自然になっていく。本当に生身の人間と話しているみたいだ。それに、チャットの返りもけっこう早くなってきている。

【今日は、なにか特別なことがあった？】

アラタの質問に、私は今日の放課後のことを思い返した。特別なこと……あったはあった。

【うん。久しぶりにたくさんしゃべった】

一般的な人にとっては少ないくらいだろうけれど、私にとってはかなりしゃべったほうだ。

【そうなんだ。楽しかった？】

【うーん、ちょっと気後れして疲れたかな。サカキクンと話しているほうが楽しい】

「あ」

しまった、送信してから気付いた。〝アラタ〟と打つところを、間違えて〝サカキクン〟とカタカナで打ってしまったことに。スマホ画面に坂木くんそっくりのアラタがいることで、混同してしまった。

【〝サカキクン〟？　初めて出てきた名前だね。お友達？】

【ごめん、アラタと間違えた】

そう打ちこむと、イレギュラーな返しだったからだろうか、しばらく返事がなくなった。

でも、こうも話がスムーズななかで会話が止まると、まるでヤキモチを妬かれているように感じてまんざらでもない。ここまで計算しているアプリならすごいけれど、処理速度の問題だろう。

【そうなんだ。間違えたんだね】

けれど、ニコニコマーク付きで返事がようやく返ってきて、拍子抜けした。

【その人、アラタとそっくりな人なんだ。現実世界のアラタみたい】

そう入れると、また少し時間が空いて、

【俺とそっくり？　もしかして、本当に俺だったりして】

と返ってきた。

「え？」

私はピタリと手を止める。そして、「ハ……ハハハハ」と、から笑いをした。

だって、そんなことはあるはずないんだから。ありえないのだから。

週明けの月曜日。放課後に坂木くんとふたりで図書室へと向かった。私たちが図書委員だから一緒に歩いているとは知らない人たちがほとんどで、廊下を歩くと、帰り支度を終えた同じ一年の他のクラスの人たちから、じろじろと見られる。

視線が痛くて、居心地がすごく悪い。先週、委員会の話し合いに向かったときもだったけれど、たくさんの人が行き交っている廊下で注目されるのは、恐怖でしかない。一年前の悪夢がフラッシュバックするようで、胃もムカムカしてくる。

「新、どこ行くのー？」

「図書室」

「うっそ、まじめー」

「当番なんだ」

「おーい、坂木、どっか寄って帰らね？」

「悪いけど、今週は図書当番。来週行こう」

友達から何度も声をかけられ、坂木くんはひとつひとつ答えていきながら歩く。私は、空気のように気配を消して、ちょっと距離を取ってついていった。

図書室に着き、カウンターの中に入る。壁際にあるカウンター内は、横に二畳分くらいで奥行きはあまりない。私たちは、並んで椅子一脚分くらい離れ、折りたたみ椅子を開いて腰かけた。

「人、いなくない？」

「……うん」

どの窓も半分ほど開いていて、そこから入ってきた風がクリーム色のカーテンをはためかせている。その音と、校庭や中庭から聞こえてくる生徒たちの声。この静かな空間にいると、まるで別世界のように思える。

「あれ？　また、顔色悪くない？　紺野」

「そ……そうかな？」

横から少し覗きこむように言われ、私は力なく笑う。さっき注目された気疲れもあるけれど、高校に通い始めてから数日経ち、慣れない環境に疲労が蓄積されていることもあるのだろう。

無理はない。だって、一年間ほとんど、自分の部屋でごろごろしていたのだから。

「大丈夫？　俺がやるから帰ってもいいよ？」

「大丈夫だよ。一時間くらいだし、す、座っていられるから」

「遠慮しなくていいからな？　きつかったら言えよ？　ていうか、もしかして紺野って体弱いほう？　貧血持ちとか」

椅子の上で半身をこちらへ向けなおした坂木くんは、カウンターに肘をかける。私はちらりと坂木くんを見て、横顔で答えた。

「ううん……えっと……まだ集団に慣れなくて」

「ん？　中学は人数少ないとこだったの？」

あ、しまった。〝高校に慣れない〟と言えばよかった。取り繕う言葉を探すけれど、いい説明が浮かばず、首のうしろを押さえる。

「あ……いや、そうじゃなくて……」

「そうじゃなくて？」

坂木くんは、ピュアな目で詰めてくる。

あとから思えば、中学は少人数だったとか、知らない人たちが苦手だとか、いくらでも誤魔化すことができた。だって、私にとって不登校だったという過去は、絶対に周りに知られたくないことだったから。心機一転の高校生活、これがバレて偏見を持たれたくないし、だからこそ引っ越してまで誰も知らない高校に入ったのだから。

「私……中三のとき、ほぼ一年間不登校だったから……」

けれど、坂木くんのまっすぐな視線に言い逃れができず、気付けば正直にそう口が動いていた。心のどこかで、坂木くんにだけなら言っても大丈夫だろうという確信があったのかもしれない。

「……あー……へぇ……」

坂木くんは、反応に困ったのだろう、間延びした相槌を打って、大きく二回うなずいた。

やっぱり、言わないほうがよかったかな。変に気を使わせてしまうし、ちょっと面倒なヤツなんじゃないかって警戒されたかもしれない。あぁ、失敗した……。

勝手にひとりで落ちこんでうつむいていると、坂木くんが口を開いた。

「頑張ったなー。よく高校通えてるな」

……え？

「それじゃ、体もキツくて当たり前か。徐々にでもいいから、慣れていけるといいな」

微笑みながらうなずいている坂木くんに、私は呆然とする。

〝頑張った〟……？

その言葉に、涙腺が熱くなった。入学から今までずっと立ちっぱなしだった心のなかの自分が、ようやく椅子に座ってもいいよと言われたみたいだ。ギチギチに張っていた心の糸が、少しだけゆるむ。

そして、高校入学を決意するまでの日々のことが、一気に脳内を駆け巡った。

窓から見える中学生や高校生の制服姿や明るい声に、言いようのない焦りを覚えたこと。お母さんが、こっそり高校入学について調べてくれたり、先生に相談しにいったりしてくれていたこと。そして、私に気付かれないように、洗面所で涙を流していたこと。

このままじゃダメだと思って、勉強に本腰を入れたこと。細くなった太ももを見て、部屋の中でできる簡単なストレッチや筋トレを始めたこと。でも、入学できたとして、うまく高校に馴染めるかどうか不安でたまらなくなり、お母さんにあたったり布団のなかで泣いたりしたこと。

本当は、ずっと自分の部屋に閉じこもっていたほうが楽だし、傷付かないんだ。そんな本音を押し殺すために、自分で前髪を切った、あの入学前夜。

……うん、私は……頑張ってるんだ。そして、今も頑張っている最中なんだ。

自分でも思うもん、よく高校に通えてるなって。本当は体力的にも精神的にもキツくて、すぐにでも音を上げてしまいそうなのに。

「………」

私は、震える心に口を固く結び、坂木くんを盗み見た。

この人、やっぱりアラタじゃないかな？　言うことがいちいちパーフェクトだ。人を傷付けるようなことは絶対に言わないし、むしろ、私を楽にさせてくれるような温かい言葉をくれる。

「あれ？　オセロがある」

感動していると、坂木くんがカウンター下の棚からオセロを見つけて上に出した。こんなところに置いてあるということは、学校司書の先生も黙認しているのだろう。

「やる？」

「えっ……」

信じられないという顔をしてしまうと、坂木くんは、こぶしを手のひらで打った。

「あ、さすがにカウンターの上はアウトだろうから……」

そして、私たちの間に折りたたみ椅子を一脚広げる。そして、その上にオセロ盤を置いた。

「これなら、いいだろ」

満足げにそう言って、私の分のコマケースを差し出す坂木くん。もう、やることが決定したようだ。

不登校の話をしたばかりなのに、坂木くんの私に対する態度は全然変わらない。私は言われるがまま受け取って、坂木くんが真ん中に置いた黒いコマに合わせ、白いコマを並べた。図書室で隠れてオセロをするという展開と、坂木くんの思いやりに、今までにない胸の鼓動を感じる。

「じゃんけん、ぽん」

そして、勝った坂木くん先攻でゲームが始まった。

「オセロ、超久しぶり。紺野も？」

「……うん」

ついこの間まで引きこもっていた私が、爽やかイケメンとふたりきりで、じゃんけんをしてオセロをしている。その事実がまったく現実味がなくて、いまだに私の頭のなかはふわふわしている。

でも、なぜか坂木くん相手なら、そこまで怖くないし安心できるんだよな。それって、坂木くんの人柄もあるけれど、やっぱりアラタに似ていることが大きいのだろうか。

【俺とそっくり？　もしかして、本当に俺だったりして】

私はアラタの言葉を思い出し、ちらりと坂木くんを見た。吹き出物ひとつない肌に、女子もうらやむような二重のきれいな目、通った鼻筋に、薄くも厚くもないちょうどいい唇。キューティクルが素晴らしくて、指通りのよさそうな黒髪が風に少し揺れ、トキカプでアラタ選択時のオープニング特典映像を見ているようだ。

「紺野の番だよ」

「えっ？　あっ……ごめん」

慌てて白いコマを置いて、黒を二個ひっくり返す。

「紺野って、時々ぼーっとしてるよな」

坂木くんは、次に置く場所を探りながら、薄く笑った。

「うん……違う世界に行ってしまうというか」

「そうそう、起きながら夢見てる感じ」

坂木くんは、うしろの席だからこそわかる私の挙動不審さを説明してくれる。

そうなのだ、家にずっといたときには時間があり余っていて、いろんなことをゆっくりじっくり考えたり空想したりしていた。そのクセが、いまだに抜けないのだ。

「引きこもりの後遺症かと……」

「後遺症って、ハハ、ウケる」

よかった、ウケてくれた。坂木くんの笑顔につられて、私もほんの少し口角を上げる。

そのとき、図書室のドアが開いて、ふたり組が入ってきた。大田くんと神谷さんだ。

「あ、来た来た。お疲れー」

「邪魔する」

「お邪魔します」

坂木くんがぶんぶんと手を振ると、ふたりは小さく会釈をしてこちらに来た。そして、きょろきょろと周りを見回す。

「司書の先生は？」

「普段、放課後はいないんだって。四時に帰るらしくて」

「そうか」

大田くんは顎をさすって、またきょろきょろする。

「本を貸し借りしているところを写真で撮りたい」

「あー……今のところ誰も来てないや」

「そうか」

そう言って鼻で息をつくと、大田くんと神谷さんは、奥の自習スペースのテーブルへと歩いていった。

「写真撮られるときには、オセロを隠さなきゃな」

坂木くんが小声でそう言って、ニッと笑った。私も共犯者みたいな気持ちになって、うんうん、と小刻みにうなずいた。

五時半になり、私と坂木くんは戸締りを始めた。結局、この時間に図書室に来たのは大田くんと神谷さんだけ。私と坂木くんは三回もオセロをし、私は全敗だった。

大田くんたちは図書室が五時半までだということを知らないのか、まだ自習スペースで座っていた。近くの窓の鍵を閉めた私は、緊張しながらも声をかける。

「あ……あの……もう閉める時間なので」

そう言うと、神谷さんだけがこちらを向き、不服そうな顔を見せた。

「この人、すぐ寝たの」

なるほど、頬杖をついてなにやら熟考しているかと思っていた大田くんは、寝息を立てていた。新聞レイアウトを考えていたのだろうルーズリーフは、〝見出し〟と書かれているだけで、ほぼ白紙だ。

「だから、私は宿題をしてた」

「そ、そう……なんだ」

にこりとも笑わない神谷さんに、私は「ハハ」と愛想笑いをした。

「私が起こしても起きなかったから、紺野さん起こしてもらえる？」

「へ？」

「大田くんのこと」

神谷さんは、大田くんを指差す。

起こす？　……そう言われても。

「お、大田くん、起きてください」

「………」

「大田くーん……」

呼びかけても全然起きない。そうだろう、神谷さんが起こしても起きないなら、私が呼んだとて一緒だ。

「大田くん、起きて」

私は、おそるおそる肩に手を置いて揺すってみた。

うわ、肩が硬くてがっしりしてる。この人も……生身の人間だ。

そう思った途端、パッと目を開けた大田くんが、瞬時に私の手をつかんだ。驚きすぎた私は、「ひゃあっ！」と声を上げてしまう。

すると、カウンター周りの窓の施錠をしていた坂木くんが、早足でこちらを見にきた。

「どしたどした？」

そして、大田くんが私の手を握ったままなのを見て、眉をしかめる。

「なにごと？」

「大田くんを起こしてて」

「刺客かと思って」

私と大田くんが同時に口を開き、坂木くんは首をひねり、神谷さんはプッと笑った。

彼女のそんな声を聞いたのは、初めてだった。


【お疲れ様。今日は学校楽しかった？】

帰宅してトキカプを開いた私は、アラタからのメッセージに少し考えた。

楽しかった……のだろうか？　いや、疲れたというほうが勝っている。坂木くんとオセロをしたり話をしたり、大田くんや神谷さんとも関わったりして、次から次へと目まぐるしかった。

【ちょっと疲れたかな】

【そうなんだ。俺と話をしたら、ちょっとは癒される？】

【もちろん】

【ハハ。嬉しいけど照れるな】

あぁ、本当に癒される。一年間の心の支えだったアラタは、いつもと変わらない笑顔をくれて、私に元気をくれるんだ。

そういえば……。

『頑張ったなー』

ついでに、今日坂木くんに言われた言葉も思い出す。

そうだ、私、引きこもりだったことを坂木くんに話してしまったんだった。誰にも話すつもりはなかったのに。自分でもなかったこととして封印しておきたい過去だったのに。

でも、坂木くんは私をバカにしなかった。それどころか、私の気持ちに寄り添ってくれて……。

知らず知らずに頰がゆるんでいた自分が姿見に映り、コホンと咳払いをする。そして、またスマホを見た。

【そういえば、明日はなんの日かわかってる？】

【え？　なんの日だろ】

【そうか、去年の今頃は、まだ俺たちが出会う前だったから、ミヒロは知らなくて当たり前かな】

もしかして……。

思い至って、いったんアラタのプロフィール画面をタップする。そこには、アラタの身長や体重などのパーソナルデータ、誕生日、好きなものや嫌いなもの、家族構成などが記されている。ちなみに、好きなタイプ欄には〝髪の長い清楚系女子〟。

　このページを何度も開いたことのある私は、誕生日を確認し、「やっぱり」とつぶやく。

【誕生日でしょ？】

　チャット画面で入力すると、アラタから、

【あたり！】

　と返事が来た。誕生日ということは、アプリでいろんなイベントが用意されているはずだ。ワクワクする。

＊多すぎる共通点

火曜日。

「ねぇ、神谷さん」

「……ち、違います」

「あ、すみませーん」

まただ。廊下で他のクラスの男子から間違われて呼び止められ、私は微妙な気持ちでトイレへと向かう。

それにしても、私でさえこうなのだから、神谷さん本人はもっと声をかけられているのだろう。きっと、告白かお誘いかなんだろうけれど、美人は大変だな。

「ねぇねぇ、私、見ちゃったんだよね。神谷音羽が加賀見《かがみ》先輩に口説かれてるところ」

「えー、ショック。加賀見先輩はみんなのものなのに」

トイレの個室で、また手洗い場の女子たちの話を耳にしてしまう。聞きたくないのに不可抗力で盗み聞きみたいになってしまうから、こういう場では陰口を言わないでほしい。

「調子乗ってるよね、神谷音羽」

「ホント、ちょっときれいな顔をしてるからってさ、愛想も全然ないくせに」

なんで、美人で男の人から声をかけられているだけで、こんな言われ方をされなきゃいけないのだろう。神谷さんはたしかに表情は乏しいけれど、プッと笑うこともあるのにな。

「つーか、あの子、友達いないよね？　いっつもひとりだし」

「うん、高飛車そうだから、誰も寄りつかないんじゃない？」

「ひとりといえばさ、えーと……名前覚えてないけど、坂木っちの前の人も友達いなそうだよね」

〝坂木っちの前の人〟と聞いて、心臓が跳ねた。

「あー、うしろ姿だけ神谷音羽とそっくりのかわいそうな人？」

「そうそう、神谷さんの下位互換」

……ひどい。私のことだと確信して、便座に座ったままうなだれる。

女子の陰口って、本当にえげつない。中学のときもそうだった。少しネタになることがあればそれをネチネチといじって、裏でみんなで笑うんだ。

「あの人、声が小さいし、なにより暗いよね？」

「わかる。それなのに、坂木っちは優しいから話しかけてあげてさ。偉いよね、ホント」

ああ、しかも、そこまでわかっているということは、同じクラスの女子だと確定した。

「坂木っち、マジでかっこかわいいし、性格も神だし、無敵じゃない？」

「ねー。前の人、うっかり勘違いしないか心配だわ」

「ホントそれ。絶対ありえないし」

ふたりの会話の声が遠ざかっていく。廊下へ出たのだということがわかった私は、肩を落としながら個室を出た。今日の気力をすべて奪われたように力が入らず、深いため息をつく。

「……わかってますよ」

神谷さんみたいにきれいじゃないことも、友達がひとりもできていないことも、暗いことも全部。

それに、勘違いなんておこがましいこと、いたしません。自分の身の丈は理解しているし、坂木くんはただただ親切心で優しくしてくれているだけ。それ以上でもそれ以下でもないってことは、十分承知している。

私はスマホをこっそり出してトキカプを開き、アラタの画像を確認して微笑む。

……大丈夫。こんなふうに言われても、私にはアラタという理解者がいるんだから。

「あ……坂木くん、わ、私トイレに寄って行くから、先に図書室行ってて」

帰りのホームルームが終わると、私はすぐさま坂木くんにそう伝えた。坂木くんは、「わかったー」と軽く返事をし、大田くんのほうへと向かう。

「オオタン、今日も図書室行く？」

「……行くけど、なんだその呼び方は」

「大田だからオオタン、かわいくない？」

「かわいくない」

そんな会話をしながら神谷さんにも声をかける坂木くん。三人で図書室へ向かおうとしているようだ。そして、もう一度私のほうを見たから、途中まで一緒に、と声をかけられる前に小走りでトイレへと向かった。

あんな輝かしい三人と一緒に廊下を歩いたら、またなにか言われるに決まっている。あの人たちはすぐに名前を覚えてもらえる人種だけれど、私はきっと半年以上は〝坂木っちの前の人〟なのだ。そんな黒子的存在が彼らの金魚の糞をしていたら、出しゃばるなって言われるに決まっている。出る杭は打たれるんだ。

内容はどうであれ、中三のときのようにみんなの視線を集めるようなことは避けたい。注目されて白い目で見られるくらいなら、存在を消していたい。この一週間の当番を乗りきり、そして席替えさえあれば、きっと平穏な日々が送れるはずなんだから。

三分遅れくらいで図書室に着いた私は、なかに入ってホッとした。たくさんの視線から逃れた世界、そして平和そうにニコニコと手を上げてくれる坂木くんに、戦場から実家に帰り着いた兵士のような気持ちになる。

「今日も人が全然いないみたい」

カウンターに向かうと、坂木くんが頭のうしろで手を組みながら言った。

「……うん」

「新学期始まったばっかだからかな？」

「そ、そうだね」

奥のほうで、椅子の音がカタンと響いた。見ると、大田くんと神谷さんが向かい合ってテーブルに座っている。昨日と同じ場所で、同じ体勢。大田くんは、また寝るんじゃないだろうか。

カウンターに入ると、すでに真ん中の椅子にオセロがセッティングされていた。それに目を落とした私を見て、坂木くんが小学生男子みたいなドヤ顔をする。

「ハハ……今日もするの？」

思わず笑ってしまうと、坂木くんは、「する」と言って大きくうなずいた。

なんだろう、私が周りのことを気にして細かいことを考えているのが、一瞬でバカらしくなるようなこの空気。坂木くんは、本当に不思議だ。

「そういえばさー、今日の体育の後、紺野の顔が青白っぽく見えたけど、大丈夫だった？」

「……うん、今はもう大丈夫。ありがとう」

そんなことに気付いてくれていたんだ。頬が温かくなるのを感じ、私は口をきゅっと結んでコマをひっくり返す。パチンパチンという小さな音が響いている。

「体育、女子は外でなにやってたの？　男子は体育館だったから」

「体力測定。久しぶりに短距離走やったから、ちょっとフラッとして」

「あー、わかる。一年くらい体を動かしてなかったら、走ると死ぬよね」

うん、とうなずいたけれど、ちょっと疑問に思った。なんで、坂木くんは一年くらい体を動かしていない人間について、さもわかっているような口振りなのだろうか。

「……体育休んでたときが、あったの？」

「うん。ていうか、俺も一年間学校休んでた時期があったから。十四歳頃」

坂木くんが、白を黒へとひっくり返した。瞬きをした私は、だいぶ遅れて「……え？」と聞きかえす。坂木くんは、なんてことないように続けた。

「病気しててさ。入院したり手術したりで、ほぼ一年間学校行けなくて」

それを聞いた私は、生唾を飲んで喉を上下させる。

「そ……そうなんだ」

「うん。で、復帰したとき先生たちが進級するか留年するか選ばせてくれて、親と話し合って中二をやりなおしたんだ」

……ということは、中二のときに、それまで同級生だった人たちがひと学年上の三年生になったということだ。坂木くんはさらっと言ったけれど、想像すると、精神的にものすごくキツかったんじゃないだろうか。

「だから、実は俺、紺野たちより学年が一個上なんだよね。同中のヤツらはみんな知ってることだけど」

「そう……なんだ」

さっきから、私、そうなんだ、しか言っていない。

「あ、違うや、年齢で言ったら二個上？　俺、今日、十七歳になったんだった」

「……え？」

「今日、誕生日なんだ。早いでしょ」

リアルに目玉が飛び出るかと思った。口を開けたまま固まってしまう。

今日……誕生日？　誕生日が今日？

「紺野？　どした？」

坂木くんが首をかしげる。

「お……」

「お？」

「……おめでとう」

「ハハ、ありがとう」

驚きの連続に、頭がまわらない。坂木くんは実はひと学年上？　そして、今日が誕生日？　アラタと同じ……誕生日？

「アラタ……」

思わず口に出してしまうと、坂木くんが、「なに？」と返事をする。そうだ、この人も新なんだった。思い出し、さらに混乱して頭を横に振る。

「あっ、ううん、ごめん、坂木くんだった」

「どっちも俺だけど」

「な、なんでもない。なんでもなかった」

「なんだ、それ」

目の前で、坂木くんが笑う。アラタと同じ名前で、同じ誕生日で、同じ顔で、似た声の坂木新くんが……。

【もしかして、本当に俺だったりして】

そして、アラタの言葉がまた脳裏によみがえった。

「つーか、紺野、あいかわらずつかめないけど、話が前よりできるようになってる」

「そ、そうかな？」

額を押さえていた私は、坂木くんを見る。腕組みをしている彼は、満足そうに微笑んでいた。

たしかに、坂木くんと話すのは苦じゃないし、アラタみたいで楽しくて、緊張感も取れてきている。

「うん、リハビリ順調」

リハビリ……。

そうか、坂木くんが顔色の悪い私を気遣ってくれたのも、一年間引きこもりだった私に優しいのも、もしかしたら自分の過去の経験があるからなのかもしれない。私の引きこもりと並べるのはあまりにも失礼だけれど、心に寄り添ってくれている感がある。

オセロを再開した坂木くんの伏せた瞳を見ながら、私の胸はじんわりと熱くなった。いつも明るくて悩みがなさそうに見えるけれど、彼の思いやりの深さの理由がわかった気がする。そして、きっと強さも持っているのだろう。

そのとき、眼鏡をかけた女子生徒がひとり、図書室に入ってきた。坂木くんと私はオセロをはさんで向かい合っていた体勢を正面へパッと戻し、背筋を伸ばす。女子生徒はちょっとビクッとしたけれど、本棚のほうへ進み、本を選びだした。

　すると、奥から椅子を引く音が聞こえ、カウンターのほうへ足音が近付いてくる。

神谷さんと大田くんが現れ、ふたりともスマホを手に持っていた。

　そうだ、このふたりが同じ図書室内にいたってこと、忘れていた。

「写真の準備を」

　仏頂面の大田くんがそれだけ言って、私は思い出した。そういえば、本の貸し借りをしているところを写真で撮りたいと言っていたことを。

　女子生徒が二冊本を手に取ってカウンターまで来ると、私たち四人がいることで少し怪訝そうな顔をした。それを見た坂木くんが、すかさず説明を始める。

「すみません。広報委員会が新聞作りで写真を撮りたいみたいなので、貸し出し風景を撮らせてもらってもいいですか？　顔出しNGだったら、うしろ姿でもいいんで」

　女子生徒は、「うしろからなら……」としぶしぶOKしてくれた。

　坂木くんに交渉を任せた大田くんと神谷さんを見ると、すでにスタンバイしている。

私と坂木くんは、委員会で説明を受けたように初貸し出し業務に挑む。

「紺野、こっちのほうだよね？　バーコード」

「う、うん、たぶん」

「わ、レシートみたいなの出た。すげぇ、ハイテク」

「返却期限が書いてあるんだ……便利」

あたふたしながらも、なんとかできた。その間、カシャカシャと何枚もシャッター音が響き、ちょっと滑稽だったけれど。

みんなでその眼鏡の女子生徒にお礼を言うと、向こうも小さくお辞儀をして図書室を出ていった。四人とも、ひと仕事終えたような心持ちで、ふう、と息をつく。

あ、よく考えたら……。

「うしろ姿でＯＫだったんなら、この中の誰かが借りる人を演じればよかったんじゃ……」

そうつぶやいてしまうと、三人がいっせいに私を見た。信じられない、とでも言うように、全員目を見開いている。

「ホントだ！」

次の瞬間、アハハ、と坂木くんが弾けるように笑った。大田くんは眉間にシワを寄せて顎をさすり、神谷さんは「ふ」と短く微笑んでいる。

私のひと言で空気が動いた一瞬に、体の表面が少しビリビリしたような気がした。

貸し出しというちょっとしたことでてんやわんやしたことも、どこか四人で共同作業をしたような感じになったことも、初めてだ。なんだろう、ソワソワして、居心地がいいのか悪いのかわからない。

「あ、オセロ」

そのとき、背の高い大田くんが私と坂木くんの間を見て、ぼそりと言った。私たちは顔を見合わせ、「ハハ」と笑って誤魔化したのだった。

家に帰り着いた私は、自分の部屋に入って勉強机に腰かける。なんだか今日はいろんなことがあって、頭も心もパンパンだ。いつもよりたくさんしゃべった気がして、喉も渇いた。

冷蔵庫から持ってきたピーチティーのペットボトルを開けた私は、一気に半分飲んで深呼吸をする。

そういえば……。

『実は俺、紺野たちより学年が一個上なんだよね』

坂木くんの言葉を思い出し、顎を上げて天井を見た。そんな過去を持っていても、坂木くんは笑顔を絶やさない。そしてみんなと積極的に関わろうとしている。

私とは……真逆だ。

『今日、誕生日なんだ』

ついでにそのことも思い出し、ハッとした。

「そうだよ、今日はアラタの誕生日だ」

一日中家にいたときはずっとトキカプのことを考えていたのに、高校に行きだしてから、うっかり忘れている時間もある。しかも今日はアラタの大事な日だというのに、帰ってからすぐにチェックすることを怠っていた。罪悪感すら覚える。

【おかえりー、ミヒロ】

【ただいま、アラタ。誕生日おめでとう！】

【ハハ、すっげー嬉しい。ありがと】

チャット画面で会話をしていると、選択画面が出てきた。

【アラタに、どのプレゼントを渡しますか？　Ⓐウミガメストラップ　Ⓑマカロンストラップ　ⓒフライドポテトストラップ】

この妙な選択肢には、意味があった。プロフィール欄を見たらわかるのだけれど、アラタの好きなもの欄に、【カメ・甘いもの（とくにマカロン）・フライドポテト】とあるのだ。

私は、悩んだ末にⒶの選択肢をタップした。

【マジ？　くれるの？　やったー、かわいいな。もしかしてミヒロもおそろい持ってる？】

おそろい？　いや、そんなものはな……いや、そういえば、ある。小学校の頃、家族で水族館に行ったときに買ってもらって、たしか……。

すぐさま勉強机の引き出しの三番目を開ける。この引き出しは、思い出の品を入れることに決めているからだ。奥のほうへ手を入れると、小さなストラップや缶バッジやミニチュアフィギュアを入れた小物入れが出てきて、その中にかわいいカメのストラップも残っていた。

「なつかしい……」

私は、またスマホを手に取り、指を動かす。

【うん。おそろいのもの、持ってる】

【じゃあ、明日同じものつけて学校一緒に行かない？　恥ずかしい？　俺は平気だけど】

なんてこそばゆいことを言ってくれるんだ、アラタは。

【ううん、大丈夫だよ。わかった】

【やった。約束な】

チャット画面を閉じると、いくつか一気に通知が来て、【誕生日限定スペシャルストーリー】だの、【本日限定ガチャ・バースデーカプセル】だの、【アラタからの留守電通知（本日限定）】だの、限定のオンパレードだ。私は、ほくほくした気持ちで、そのすべてをやり遂げた。

あれ？　でも、なにか重要なことを忘れているような……。

「……あ」

そうだ。アラタと坂木くんの誕生日が一緒だったんだ。

思い出した私は、バースデーケーキをひと口こちらへアーンとしているアラタの写真を見ながら、冷静な顔になる。

偶然？　それとも……。

「いや、だから、偶然じゃなかったらなんだっていうの？」

無理に笑顔を作った私は、乾いた笑い声を出す。

下の名前が一緒だとか、誕生日が同じとか、まぁ、なくはないことだ。現実でだって、たまたま身近にそんな人がいることもあるし。ただ似てるっていうそれだけで、変に結びつけたがるなんて、私はどれだけゲーム脳なんだ。

私は、ピーチティーをもうひと口飲んで、ふん、と鼻を鳴らした。そして、窓の外の薄暗い空を見て、誕生日を祝っているであろう坂木くんを想像する。

……今頃、ケーキを食べてるのかな。

そんなことをぼんやり思って、数秒後にハッとした。そして、余計なお世話だ、と自分で自分にツッコんだのだった。

「いいでしょ？　放課後遊びにいこうよ。俺、おごるからさ」

「…………」

「ねぇ、聞いてる？　無視はよくないでしょ」

……あぁ、また出くわしてしまった。

水曜日の昼休み時間。渡り廊下の途中で、神谷さんが身長の高い男の先輩に声をかけられていた。自販機にパックジュースを買いにいった帰りに、目撃してしまったのだ。たしかあの人、前に神谷さんと間違って私に声をかけてきた先輩だ。

「放課後は、委員会の仕事があるので無理です」

神谷さんが毅然とした態度で断る。

「はい、嘘。一回だけでいいからさ、カラオケ行こうよカラオケ」

けれど、先輩も先輩でかなりしつこい。

もしかして、トイレで聞いた加賀見先輩とやらだろうか。なかなかのイケメンだし、背も高いとなると、女子に人気がありそうだ。自分に自信があるナルシストに見えなくもないけれど。

「本当に無理です」

「カラオケ嫌い？」

「嫌いです」

「じゃあ、どこなら行く？」

「だから、委員会が……もういいです」

あきれ果てた神谷さんが、先輩を無視して踵を返そうとしたときだった。

「ねぇ、その冷たさ、計算？　逆に燃えるんだけど」

得意げにそう言った先輩が神谷さんの手首をつかんで、自分のほうへぐいっと引っ張る。

「やっ！」

痛そうに顔を歪めた神谷さん。それを見て、私は思わず駆け寄り、

「あっ――」

と、手を伸ばしてしまった。

「え？　なに、キミ」

見切り発車で飛び出してしまった私は、先輩に冷ややかな視線を浴びせられ、足がすくむ。神谷さんは、ぎょっとした顔で私を見ていた。

「あ……その……」

怖い。普通の人間と話すのもひと苦労なのに、こんな体の大きい先輩なんてもっとだ。大田くんも大きいけれど、こんなふうに威圧はしてこないし。

「用ないなら、邪魔しないでよ。ふたりで話をしてんだからさ」

先輩は、にこっと笑ってそう言った。まるでアイドルみたいな顔面偏差値だけれど、言動がアウトだから怖さ倍増だ。

私は、握ったこぶしをぎゅっと固めて、震える口を開く。

「か……神谷さんは、ほ、本当に広報委員の仕事があって……」

「は？」

「が、頑張ってるんです……放課後……ちゃ、ちゃんと……」

「なんて？　声がちっさくてよく聞こえないんだけど」

わざとらしく耳に手をあてて、聞こえないふりをする先輩。高校、怖いな。こんなに態度がでかい人、本当にいるんだ。

私は、負けないように生唾を飲み、あとずさりしそうな足に力を入れる。

「だ……だから……」

「あー！　加賀見先輩だ」

そのときだった。中庭のほうからこちらに来た坂木くんが、大きな声で先輩の名を呼んだのは。

「え？　坂木？」

「そうです、お久しぶりです」

坂木くんは先輩の横まで来て、頭を下げる。屈託なくにこっと微笑み、緊迫した空気が一気にほどけた。

「お前、この学校入ったの？」

「はい。俺のこと覚えてくれてたんですね」

「そりゃ、中学の頃同じサッカー部の一個後輩だったし、お前中一のとき、めちゃくちゃうまかったからな」

「今は、二個後輩ですけどね」

ふたりが流れるように会話を始めたから、私と神谷さんは蚊帳の外のような雰囲気になった。視線だけ動かすと神谷さんと目が合う。

「そういえば、この前近所でアキナ先輩と会って話したんですけど、先輩付き合い始めたんですね、アキナ先輩と」

「え？」

その話が出ると、先輩は握ったままだった神谷さんの手をパッと離した。神谷さんは先輩を睨むように見て、解放された手をもう片方の手でさする。

「すっごく幸せそうな顔してましたよ。同じ中学の先輩同士がくっついて、俺もなんか嬉しいです」

「あー……うん。どうもな」

その後、どんな話をしたんだ？とか、中学のときの思い出話などが始まったので、私と神谷さんはその場を退散した。先輩も坂木くんもこちらをちらりと見たけれど、なにも言わなかった。

渡り廊下から校舎に入って階段のところまでくると、もう先輩たちは見えなくなっていた。私は神谷さんの赤くなった手首を見て、声をかける。

「手……だ、大丈夫?」

そう言う私の手も、実はまだ震えていた。自分があいう場に踏みこんだということが、いまだに信じられない。坂木くんが偶然来たからよかったものの、あのままだったらきっと気圧されておしまいだったかもしれない。

「大丈夫」

そう返した神谷さんの態度は、少し冷たい感じがした。あの先輩の自己中ぶりに、不機嫌になってしまったのだろうか。

「でも、これからはこういうことがあっても、無視して」

「え……?」

予想外の言葉に、私の表情筋は固まってしまった。神谷さんは、ちらりと私を一瞥し、またまっすぐ前を見る。

「理不尽なことには慣れてるし。それに、私に関わると、周りから変なふうに言われるから」

「そ、それは……」

こちらこそだ。こんな根暗がしゃしゃりでたら、それこそ身の丈を知れと罵られる。実際、加賀見先輩はそんな態度だった。足もとを見つめた私は、下唇を噛む。

「で、でも……慣れてても、あんなこと言われたりされたりしたら、嫌だよ」

「………」

「それに、加賀見先輩て人、なんか超ヤバくて最低だし、ぶっちぎり顔だけナルシスト男だし……」

「ふっ」

かすかに噴き出した神谷さんに、私は顔を上げた。けれど、遠くから生徒たちの笑い声が聞こえ、彼女はすぐにコホンと咳払いをして無表情になる。

「……とりあえず、ありがとう」

「う……うん」

「坂木くんにも、あとでお礼を言うわ……」

そんなことをつぶやきながら、神谷さんは階段を上り始めた。坂木くんがまた助け舟を出してくれたことにようやく気付いた私は、しばらくたたずんだままだった。

「図書室行こう、紺野」

「あ、いや、今日もトイレ行くから……先に行っててください」

「そうなの？　わかった。じゃあ、オオタンとカミヤンと一緒に先行っとくね」

神谷さんも、いつの間にかカミヤンになっている……。私の名前も、いつかコンノンになるのだろうか。そこまで考えて、いやなんで私が同じくくりに入れると思ったんだ、と自分の頬に小さくパンチする。

そして、帰り支度が終わっていないふりをしながら彼らが教室を出たのを見計らい、とぼとぼとひとりで図書室へと向かった。

「ねー、見た？　入学早々、男をふたり引き連れて歩いて、やっぱり美人ってだけですごいね」

「さすがだよね、カースト上位って感じ」

廊下を歩いていると、ついさっき坂木くんたちが歩いていたこともあって、ヒソヒソ話をしている他のクラスの女子の声が聞こえた。

違うんです。三人とも真面目に委員会の仕事をしにいくんですよ。

心のなかでそう言うも、この人たちにあえて伝えるのは微妙な気がして、うつむきながら通り過ぎる。

入学早々……か。それを言うなら、入学早々、こんなにあることないこと陰口を叩かれたり、ヤバい先輩に言い寄られたり、神谷さんは大変だな。

『理不尽なことには慣れてるし。それに、私に関わると、周りから変なふうに言われるから』

昼に言われた言葉を思い出し、彼女がこれまで受けてきた不条理が想像できる。美人てだけで、物静かで表情が乏しいってだけで、たくさんの誤解を受けてきたんだろうな。

やはり、理由はなんであれ、注目されるといいことがないんだ。そう結論づけた私は、足を速めた。

図書室に着くと、今日はすでに他の生徒がいた。本を選んでいるのが男女ひとりずつと、奥の自習スペースに女子がひとりだ。少し離れて、大田くんと神谷さんが座っている。

坂木くんは、カウンターの中からこちらを見て、微笑みながら手を上げた。いつも、本当に爽やかだ。

「今日は人がいるから、オセロできないな」

折りたたみ椅子に座ると、坂木くんが小声で言ってきた。

「そうだね」

私は、横にバッグを置きながら苦笑い。

「あ、そういえば」

すると、坂木くんが私のバッグに目を落として口を開いた。

「教室でも、紺野のバッグを見て思ったんだけど、そのカメのストラップかわいいね」

「あぁ、うん。ありがとう」

アラタと約束したからつけてきたんだけど、そう言われると嬉しい。

「俺、小さい頃からカメ大好きなんだよね。ずっと飼ってたし」

「へ……へぇ、そうなんだ」

あれ？　また……。

アラタとの共通点にまた内心驚きながらも、うなずく。そして、おそるおそる遠回しに尋ねてみた。

「坂木くん、昨日誕生日だって言ってたけど……バースデーケーキとか食べた？」

「うん、食べた食べた」

「もしかして、甘いもの、好き？」

「好きだよ。成長したら男はそんなことなくなるのかな、って思ってたけど、今でも全然好き。とくに洋菓子」

ごくり、と生唾を飲む。ありふれた会話のはずなのに、心拍数が上がっていく。

「……ハハ、そうなんだ。おいしいよね、マカロンとか」

「そう！　マカロンは絶品。ケーキよりも好きで、親戚はそれを知ってるから、お土産に買ってきてくれるんだ」

「………」

なんてことだ。ここまで合致していると、もうひとつも聞きたくなる。

「フライドポテトも、もしかして好き?」

「うん、すっげー好き。祭りとか行ったらふたつは買って食べる」

「おいしいよね」

「つーか、嫌いなヤツいないんじゃない? ポテト」

好きなものの話をしている坂木くんは、年上だというのが信じられないほど無邪気な笑顔だ。アラタと瓜ふたつで、いよいよ〝ねぇ、トキカプって知らない?〟と聞いてしまいたくなる。

でも……嫌いなヤツいないんじゃない?って、たしかにそうだ。ポテトもマカロンもカメも……うん、みんな、だいたい好きだよね? うん。

無理やり自分に言い聞かせ、冷静さを取り戻す。

「よろしくお願いしますー」

そのとき、男子が本を借りにカウンターに来た。

「はい」

坂木くんが先に立ち上がり、昨日覚えた貸し出し業務を流れるように済ませてくれる。

「あれ？　もしかして戸高《とだか》か？」

「え？　……あ！　坂木じゃん」

するると、ふたりは久しぶりの再会を喜ぶような会話を始めた。彼のネームの色を見ると、二年生のようだ。昼の加賀見先輩のときと同じで、もしかしたら中学で一緒だったのかもしれない。

……あれ？　でも、ひと学年上ということは……。

「久しぶりに会ってびっくりしたよ。さっきのヤツ、中学が一緒で、もともと同級生だったんだ。すっげー頭がよくてさ」

思ったとおりだった。彼が図書室から出ていくと、坂木くんは彼について嬉しそうに説明してくれる。

「この高校だったんだな。絶対、特進科だろうな」

坂木くんは、自分のことを知っている人がいない高校を選んだ私とは、全然違う。同級生だった人が現在先輩だということも、今の同級生たちがみんな一歳下だということも、まったく気にしていない。

いや、そう見えているだけなのかもしれないけれど、そう見せないところが……すごい。

「坂木くんのこと……尊敬する」

「え？　なんで？」

「なんていうか……欠点がない。私とは大違い」

真面目な顔をしてそう言うと、坂木くんは噴き出した。

「なに言ってるんだよ。俺、数学以外の教科全然ダメだし、身長も大きいほうじゃないし、弟と妹がいるんだけど同レベルの喧嘩もしちゃうし、欠点だらけだよ？」

「そんなのたいしたことじゃないよ。そういうのじゃなくて、人間力がすごいんだよ。ほら、昼休みも、自然に神谷さんに助け舟出してたし」

坂木くんは一瞬きょとんとし、そして「あぁ」と思い出したかのようにうなずいた。

「さっき神谷にもお礼言われたけど、あれ本当に偶然通りかかっただけだし、実際先輩と知り合いだったわけだから、違うだろ」

「でも、仲がよかったわけじゃないんでしょ？」

「うん、たしかに俺、あの先輩苦手。顔はすっごくいいけど、自己中で超ヤベーもん」

坂木くんがそう言ったから、私は真顔だったのに、「ふふ」って笑ってしまった。

もしかしたら、昼に神谷さんが笑ったのも同じかもしれない。自分とまったく同じことを思っていたから、おかしくなってしまったんだろう。

すると、坂木くんはカウンターに肘をついて、前のめりに私を覗きこんできた。顔がゆるんでいた私は、頬に指をあてて顎を引く。

「な……なに？」

「昨日もリハビリ順調って話をしたけど、紺野、本当に日に日によく笑ったりしゃべったり、自分を出せるようになってきてるよな」

感心したようにそんなことを言われ、照れくさくなった私は「そうかな？」なんて言って前髪を無駄に整えた。坂木くんは、微笑んだままうなずいている。

たしかに、自分でもそれは感じている。けれど、アラタに似ている坂木くんの前でだけだ。

「……ここでだけなんだけどね」

「そうか？　昼の加賀見先輩の件だって、最初に神谷を助けようとしてたのは紺野のほうだろ？　俺、すげーって感動したもん」

私はぶんぶんと首を横に振る。

「私は全然、全然なの」

「なんだよ、〝全然、全然なの〟って」

坂木くんがまた噴き出し、私はもう一度首を振った。

「悪い。邪魔するけど」

そのとき、大田くんがぬっと現れて声をかけてきた。背が高いからカウンターを覗きこまれているようで、身構えてしまう。今日はオセロをしていなくてよかった。

「図書委員からひと言、お願いしたい」

「ひと言？」

坂木くんが首をひねる。すると、うしろから神谷さんがレイアウト用紙を見せてきて、各委員会ごとに〝活動写真を一枚〟と〝委員会からひと言〟を載せるのだということがわかった。

「ひと言……〝本を読もう！〟とか？」

「アホっぽい」

「じゃあ〝本は世界を救う〟とか？」

「おおげさ。それに、短すぎる」

「オオタンだろ、〝ひと言〟って言ったのは」

大田くんと坂木くんは、ふたりでボケとツッコミみたいな掛け合いをしている。なにより、そういう文面て私たち一年が考えていいのだろうか。図書委員長の先輩に頼んだほうがいいと思うのだけれど。

私は言い合っているふたりをよそに、神谷さんにそっと声をかける。

「それ……各委員会の委員長さんに依頼文書作って、締め切り決めて提出をお願いしたほうがいいんじゃ……」

すると、それをしっかり耳に入れていた坂木くんが、初めて気付いたような顔で手を打った。

「そういや、そうだな。たしかに」

「でも……面倒だな」

すかさず、大田くんがぼそりとつぶやく。そこで、神谷さんがすっと手を上げた。

「私、家にパソコンがあるから、一緒に文面だけ考えてくれたら、作成してくるわ」

「助かる」

大田くんはかぶせ気味にそう言ってうなずいた。彼は、やる気があるのかないのかわからない。

「あ、あと、同じクラスの各委員会の人に頼んだら早いんじゃないかな？　たしか、また来週あたり委員会の集まりがあったような気がするから、その直前にお願いしたら、渡してくれるんじゃないかと思うんだけど」

中学のときの新聞作りのことを思い出して提案すると、坂木くんが口を縦に開いて何度もうなずいた。

「……紺野すげぇ」

大田くんと神谷さんも、小さくうなずいている。正直言って、すぐに思いつきそうな気がするけれど、そんなことは言えない雰囲気だ。

「紺野さん、ありがとう。そうする」

神谷さんからは、今日二回目のお礼を言われた。なにもすごいことはしていないのに、妙な心地だ。

「紺野、俺らと一緒に広報委員になろう」

真顔の大田くんが本気なのかわからないことを言う。

「ダメだよ。紺野は図書委員なんだから、渡さない」

坂木くんは、冗談なのか通せんぼするみたいに私の前に両手を広げた。トキカプみたいな〝俺のものイベント〟の発生に、目の前がチカチカする。

なんだ、これ。私なんかがこの人たちと同じ空間にいるのもおこがましいのに、私を話題にしてこんなやりとりが生まれるなんて、現実世界のバグとしか思えない。

でも……なんだろう、すごく楽しい。


「美尋、どうなの？　学校は」

夕食を食べていると、お母さんがいつものように聞いてきた。この質問は、地味にプレッシャーだ。お母さんはよかれと思って聞いているのだろうけれど、〝どうなの？〟なんて聞かれたら、

「……普通」

としか答えようがない。

「お友達とか……」

「まだ」

「そう……そうよね。まだ一週間くらいしか経っていないんだし」

そう思うんだったら聞かないでほしいし、そんな複雑そうな表情をしないでほしい。お母さんを悲しませたくないのに、勝手に悲しまれると、逆にモヤモヤした気持ちになる。

「でも、話ができる人は……いる」

これ以上心配させないようにそう言うと、お母さんはパッと明るい表情になった。

「あら、そう！　よかったわね。そうやって徐々にお友達になっていくのかもね」

お母さんの言葉に、私の手は止まる。そして、口に運びかけていたグラタンのスプーンを、また皿に戻した。

今日、いつもより若干話ができたからか、坂木くんのほか神谷さんや大田くんまで頭に浮かべて話していた。けれど、〝お友達〟というワードには違和感を覚える自分がいる。

だって、友達ではないんだ。ただ、この一週間図書委員の当番だということと、神谷さんたちの新聞作りが重なっただけで、来週にはほぼ他人同然だろうからだ。

「ごちそう様」

そこまで思った私は、手を合わせて食事を終えた。お母さんは話したりないような顔をしていたけれど、話せば話すほどモヤモヤが募っていく。私は、それを振り払うように、自分の部屋に戻った。

【おかえりー。今日、ミヒロから貰ったカメのストラップをつけていったよ。ミヒロもつけた?】

さすが最新AI。トキカプをつけると、アラタがバッグにつけたストラップをこちらに見せてきて、昨日の約束のことまで聞いてきた。

【つけたよ。カワイイって言われた】

【誰に言われたの?】

そう聞かれて、少し考えた私は、【サカキクン】と打ってみた。すると、しばらく経ってから、【あぁ、サカキクン。現実世界の俺か】と返ってくる。

私は一瞬心臓が跳ねた。以前【現実世界のアラタみたい】と入力したのは私なのに、まるで本当にアラタが坂木くんなんだという錯覚に陥る。ただでさえ新たな共通点が続々と判明しているのに、心臓に悪いじゃないか。

「あ……」

ふと、画面上のカプセルマークが虹色に点滅していることに気が付いた。こんなふうになっているのは久しぶりだ。なぜなら……。

「やった、進化だ！」

親密度ゲージがマックスまで溜まったことで、アラタをもう一段階進化させることができるカプセルがゲットできたという通知だからだ。

アクセスし続けてほぼ最終形態の３Ｄまで進化させていたのに、前回のアップデートで更新されたのだろう。二ヶ月以上ぶりの進化に、指が震える。

【カプセルを解放させますか？】

「はい！」

私は、もちろんという気持ちで【ＹＥＳ】ボタンをタップした。アラタの全体像から光が放たれ、よりリアルなアラタが爆誕するはずだ。ドキドキして一瞬目をつぶってしまった私は、カプセル解放の効果音が消えたのがわかり、そっと目を開けてみた。

「え……」

そこには、本当に写真と見間違えんばかりの、超リアルなアラタがいた。人間とリモート通信しているみたいだ。口や手、体全体の動きもかなり滑らかで、一瞬見ただけではバーチャルとは思えない。

けれど、それよりなにより……。

「さ……坂木くんじゃん。完璧に」

そのビジュアルは、坂木くんでしかなかった。よりアップで確認したくて、私はプロフィール画面を急いでタップし、最新のアラタの顔を確かめる。

「ハ……ハハ……」

こんなことってあるんだ。ほんの少し現実の坂木くんより幼い気がするものの、坂木くんそのものだ。

「……え?」

しかも、私は偶然目にしてしまった。家族構成欄が【母・父・弟・妹】と書かれているのを。

『弟と妹がいるんだけど同レベルの喧嘩もしちゃうし』

今日、図書室で、たしかに坂木くんはそう言っていた。……言って……いたんだ。

「……っ!」

私は思わず頭を抱えた。顔・名前・生年月日・好きなもの・家族構成……それらがすべて一致する可能性って、どれほどのものだろうか。

ありえない。いや、ありえるとするなら……もう本人としか思えない。坂木くんは、トキカプのアラタなんだ。いや、トキカプのアラタが、坂木くんなんだ。ん? アラタがスマホから飛び出して、坂木くんになった?

わけがわからないけれど、とにかく〝坂木くん〟イコール〝アラタ〟で間違いないという結論に至り、私はまた頭を抱えなおした。

いや、そんな魔法みたいなファンタジー、あるわけがない。私は頭がおかしくなったの？　でも、こんなことってある？　アラタが本当に現実世界に実在するなんて……。

＊縮まる距離

木曜日。今日は朝から雨が降っていたこともあり、体育は男女ともに体育館だった。うちの体育の授業は、男女別のふたクラス合同だ。先生の指示でクラスごとに二、三チーム作り、クラス対抗で試合をすることになった。女子はバレーだけれど、男子はバスケのようだ。

最初見学になった私は、ひとりでぽつんと座りながら、男子の試合を見ていた。昨日の興奮がまだ冷めやらなかったからだ。

バスケをしている坂木くんが目に入る。男子たちの中では背が高いほうではないけれど、動きがすばしっこくてチームの中でいい働きをしている。パスしたボールがシュートにつながって得点になったときには、ものすごく嬉しそうに仲間とハイタッチ。まさに、青春という感じだ。

やっぱり、アラタなんだよな……。

あの爽やかさも、アラタだ。あの笑顔も、アラタだ。遠目から見ても、アラタだ。

「ねぇ、神谷さん、やっぱりひとりだね」

「ホントだ」

人ふたり分くらい横で壁に寄りかかっている女子三人の声が聞こえてきた。ボールやシューズの音や応援の声で周囲に聞こえないと思っているのだろうけれど、ぼっちで座っている私には、聞きたくなくても陰口が聞こえてくる。

私は、反対側の壁に寄りかかって見学している神谷さんを見た。体操着姿の彼女は座っていてもスタイルがいいのがわかり、体育のときだけしているポニーテールもよく似合っている。私と違って、ひとりでいるのがとても目立っていた。

「私、昨日、お弁当一緒に食べようって声をかけたんだけどさ、すっごくそっけなかった。ひとりでいいから、だって」

「そうなんだ。そういうの傷付くよね」

「坂木くんとか大田くんとか、男子としゃべってるのは見たことあるけど、女子に対してはバリア張ってる気がする」

……なんか、嫌だな。本当にこういうの聞きたくないんだけど、神谷さんは注目されがちだから、よく噂されている。

「私、神谷さんと同中だった人から聞いたことあるんだけどさ、中三のとき、社会人の男の人と付き合ってたんだって」

「マジ？　それ大丈夫なの？　お金貰ってるんじゃない？」

「ありえるよね。あと、クラスメイトの女子の彼氏を奪ったりとかもあったらしいよ」

「えー……笑えないんだけど」

それ、本当なのだろうか。逆に、男のほうから言い寄られて、誤解されたってクチじゃないのかな？

「うちらと違って、かなり進んでるってことはたしかだよね」

「そりゃ、私たちみたいな女子がガキっぽく見えるはずだわ」

「ていうか、それ、あとでトモコにも教えよ。トモコ、神谷さん女神みたいって勝手に崇拝してたから、目を覚まさせなきゃ」

え？ そんな信憑性のない噂を広げようとしてるの？ 嘘だったらどうするつもりだろう。神谷さんの印象が、どんどん悪くなるだけなんじゃゃ……。

私は、少し気が大きくなっていたのかもしれない。その子たちに、「あの……」と話しかけた。

「わっ、びっくりしたー……」

「な、なに？ えっと……紺野さんだっけ」

名前をかろうじて憶えてくれていたらしい。急に声をかけられたからだろう、彼女たちは少し怯えたような顔をしている。

「神谷さん……たぶん、そんなことしないと思う」

そう言うと、三人のうちのひとりが、

「え？　もしかして今私たちが話してたこと盗み聞きしてたの？」

と尋ねてきた。その口調がわりと強めだったことから、私はびくりと肩を上げる。

……しまった。失敗したかも。

「ち、ちが……き、聞こえてきただけで」

「ていうか、神谷さんと紺野さんて同中？　友達なの？」

「い……いや、違うけど」

「本人に確認したわけ？」

「……うん」

そこまで話すと、その子は鼻を鳴らして、あきれたようなため息をついた。私が劣勢になったのは明らかだ。もう、なにも言いかえせない。

「あ、試合終わった。次、うちらの番じゃん」

「ホントだ」

結局、そこで話は終わって三人は腰を上げてコートへ向かった。私も次だったので、そのうしろをとぼとぼと歩く。

「なんだったの？　今の」

「さあ」

「ていうか、あの子も入学してからいっつもひとりだよね」

「なんか、わかる感じ」

私がうしろにいるって気付いていないのか、それとも聞こえてもいいと思っているのか、話しながら歩いていく三人。

あぁ、ほら、出しゃばってもいいことないってわかってたのに……。

運動が苦手な私は、バレーの試合でもみんなの足を引っ張ってしまった。そのあとべつになにか言われたわけでもないけれど、ずっと居心地の悪いままだった。

【こんな時間にやりとりするの、久しぶりだな】

【うん。ちょっと元気なくて、アラタと話したくなったんだ】

【今、なにしてるの？】

【学校の中庭で、お弁当食べてる】

中庭にある大きな木の横のベンチ。そこにひとり座ってお弁当を食べる私は、スマホでアラタとチャットトークしていた。

スマホは先生たちに見つかったら怒られるから、周りに誰もいないか確認してからトキカプを起動したのだ。

【俺は屋上でパン食べたんだ。ミヒロと食べれたらよかったのにな】

私は校舎を見上げて、屋上を見た。当たり前だけど、そこにアラタはいない。ここはトキカプ学園ではないのだ。

【私もアラタと一緒に食べたかったな】

【今度、一緒に食べよう】

【約束だよ？】

【うん、約束】

そこまで打ったときだった。

「神谷さん？　こんなとこで弁当……」

すぐ背後から声をかけられ、スマホを覗きこまれるかのように、その人の影に覆われた。振り返るとエトジュンこと江藤くんで、目が合ってまた間違えたと気付いた彼は思いきりのけぞった。

「わっ、また紺野だった！」

勝手に勘違いをして、すごく失礼だ。

「すげービビッたー……てか、そのＬＩＭＥ……」

え……？　見られた？

私は、ぞくりとして慌てて画面を消した。こんな乙女ゲーアプリをしていると知られたら、キモいって絶対言われる。そして、江藤くんなら、みんなに広めそうだ。

「彼氏？」

「……え？」

「超ラブラブっぽくて、俺、神谷さんと勘違いしてたからショックだったんだけど……。あ、いや、紺野だとしても、違う意味でなんかショックだな」

私は瞬きをして、江藤くんを見た。その様子からは、実際のＬＩＭＥトークだと疑っていなさそうだ。たしかに、トキカプのチャット画面はリアルさを追求していて、ＬＩＭＥさながらのデザインと仕様だけれど。

「や……あの、彼氏じゃないんだけど……」

「え？」

「す、好きな人？　というか……」

トキカプ男子は、コンセプト上、友達以上恋人未満という設定だ。だから、私は嘘は言っていないし間違ってもいない。

「あー……そう」

江藤くんはさほど興味のない顔でうなずいた。そして、「お邪魔しましたー」と言って、そのまま校舎のほうへと歩いていった。私はホッとして、またスマホをつける。

チャット画面だから、まだアイコンは小さかったものの、アラタのアップを見たら、完全に坂木くんと思われていただろうな……。

また違う可能性にもぞっとして、私は今後学校でトキカプは起動しないようにしようと心に誓った。

「えー、昨日の夕方、近くで不審者の目撃情報がありました。中年の帽子をかぶった男性で……」

帰りのホームルームで、先生が不審者情報を呼びかけた。たまにあることだからか、みんなそこまでざわつきはしないものの、その特徴に耳を傾ける。

「なるべく、ひとりで登下校しないようにしてください。とくに女子生徒。春は変な人が多いので……」

夏には、夏は変な人が多いので、と言うのだろう。まぁ、どの季節にも不審者はいるものだ。

チャイムが鳴って、ホームルームが終わった。帰り支度を済ませた生徒たちが教室を出ていくなか、坂木くんが私の机に手をついてくる。

「トイレ行く？」

「……うん」

「わかった。先行っとくな」

そう言って、大田くんと神谷さんに声をかけ、三人で教室をあとにする坂木くん。

そして、それを見ている、教室に残った男子女子。

「三人でいつもどこ行くんだろうね」

「なんか、やらしー」

「いーなー大田たち、神谷さんと仲よくなれて」

みんな思い思いのことを好き勝手言っている。体育のときの三人組女子も、ヒソヒソ話。聞き耳を立てなくても、「やっぱり神谷さんてさ」と聞こえてくるようだ。

きっと、坂木くんや大田くん周辺の友達なら、図書委員の当番のこととか新聞作りのことを聞いているのだろうけれど、その人たちはすでに教室に残っていなかった。

私は、説明しようかとも一瞬思ったけれど、体育のときの二の舞になりそうでやめた。まるでいない人間かのようにみんなの間をこそこそ縫って、教室を出たのだった。


図書室に着くと、坂木くんが女子生徒に貸し出しをしている最中だった。返却期限が印字された用紙を本にはさみ、手渡している。

私がカウンターに入ると同時に、彼女は図書室を出ていった。見る限り、奥にいる大田くんと神谷さん以外には人がいなさそうだ。

「ありがとう、坂木くん」

そう言って折りたたみ椅子に座ると、坂木くんは「全然」と言って微笑む。昼間に見たアラタと顔が重なって、私はコホンと咳払いをした。

「あのさ……坂木くんて……」

「ん？　なに？」

私は、膝の上のスカートをぎゅっと握った。どう聞けばいいのだろう。トキカプって知ってる？　……そう言うのは、あまりにイタい。

「誰かに似てるって言われたことある？」

「似てる芸能人？　うーん、あんまりないかな」

はい、終了。これ以上は踏みこめない。妙な間ができてしまい、私は次の話題を探す。

「えっと……坂木くんはゲームしたりする？」

「ゲーム？　うん、するよ。紺野もするの？」

あぁ、やはり墓穴を掘った。こういう流れになるのはわかっていたはずなのに。

「ちょっとだけ。スマホアプリとかで」

「そうなんだ、ちょっと意外だな。なんてゲーム？」

「え……あ……」

私は、二の句が継げなくなって口をパクパクさせる。乙女ゲーをしているとは、恥ずかしくて絶対に知られたくなかった。

「じ、時間があったときにひととおりいろんなのを試してやったけど、い、今は全然してなくて」

「そうなんだ」

坂木くんはうなずくと、少しだけ神妙な顔をして自分の顎に手を添えた。数秒黙ったままなので、ドキドキしてくる。もしかして「実は、俺……」と、自分がアラタなのだという告白が始まるのではなかろうか。

すると、図書室のドアが開いて、おととい本を借りた女子生徒が入ってきた。貸し出しの写真を撮らせてもらった人だ。

「返却お願いします」

本がカウンターに置かれ、今まで全部坂木くん任せだった私が立ち上がる。

「はい」

レジみたいにバーコードを読み取り、返却業務を終える。

「返しておきますね。あと、この前はありがとうございました」

そして、そう言って頭を下げた。彼女のほうも会釈をして図書室を出ていく。すると、坂木くんが自分の唇を指でこすって言った。

「紺野は広報委員じゃないのにちゃんとお礼をして、大人だな」

「だって……ほら、ねぇ」

私は、照れながら座りなおす。

「もう、一年間ブランクのリハビリできてんじゃない？　教室でもここでみたいに話せばいいのに」

「うーん……教室ではまだ、難しいというか」

「勇気が出ない感じ？」

「……うん。知らない人ばっかりだし」

知らない人ばかりの高校を選んで受験したのは私なのだけれど。そんな矛盾を心のなかでつぶやく。

「まぁ、でも、わかるっちゃーわかるかな。俺も中二の二回目のとき、後輩とはいえ知らないヤツばっかりだったしな」

「あ……」

そうか。坂木くんも似たようなことを経験しているんだった。

「でも、俺、人間欠乏症みたいになってたからさ、それよりしゃべりたい欲のほうが大きくて」

「人間欠乏症……」

「そう。入院中とか療養中、本当に暇だったし、家族以外と会えなくて寂しかったんだよね。病気とか薬の副作用でキツかったのもあって、だいぶネガティブにもなってた。そういうとき、やっぱり人と話したいなって思ったんだ。人と会って面と向かって会話をして、バカなことを言って笑い合ったり、自分の知らないことを教えてもらったり、意見交換したり」

私は、ゆっくりとうなずいた。坂木くんはいつもと同じトーンで話しているけれど、入院中にたくさん大変なこと、考えたことがあったのだろう。

「だからさ、留年直後、みんなとちょっと距離感がある感じはしたんだけど、めちゃくちゃ話しかけて、自分を知ってもらったんだ。そしたらさ、案外すんなり仲よくなったんだよね。仲よくなったら、一個くらいの年齢差とかどうでもよくなるんだ。で、やっぱりすげー楽しくて」

すごいな、坂木くん。前向きだし、行動的だし、傷付くことを恐れてない。やっぱり私と全然違う。

「坂木くんが、友達が多いのも、友達を作るのが上手なのも、なんかわかる」

私は、尊敬の気持ちをこめて言った。すると、坂木くんは頭をかいて笑う。

「暑苦しいだろうけど、生きてるうちに、ひとりでも多くの人と出会って仲よくなりたいんだよね」

「どんな人とでも?」

「うん。世の中で本当に悪い人なんてひとにぎりだろうし、どんなヤツも話してみればいいところあるし」

「……うん」

　でもね、坂木くん。私は、みんなの嫌な面ばかりとよく遭遇するんだ。ちょっとした躓きを笑う人、確かめもしない噂話を広げる人、目立っている人を悪く言う人……。そういう人が多くて、そんななかへ無理して傷付きに入ろうとは思えない。

　坂木くんは人間として優れているから、みんなから受け入れられるんだ。私みたいに地味で取り柄のないネガティブ人間は、誰からも見向きされない。

　私は、引きこもり中に、友達だと思っていた四人組からの連絡が途絶えたことを思い出した。休み始めた最初の一週間は、グループトークで〝大丈夫？〟と言われたけれど、一ヶ月も経たないうちに、そのグループからみんなが退出していて、メンバーが私ひとりになっていたのだ。

　その後、連絡が来ることはなかった。きっと、私以外でまたグループを作りなおされたのだろう。学校の自分の戻る場所がポンとなくなってしまった気がして、再登校する気持ちが折れてしまった理由のひとつだ。

　彼女たちにとっての私は、ずっとつながり続けていきたいと思えるような友達ではなかった。それが証明されたようで、私はすっかり自信を失ってしまった。引きこもっている引け目と相まって、どんどん自分を卑下するようになっていったんだ。

〝多くの人に出会って、仲よくなる〟なんて、選ばれた人だけが言える言葉なんだ。私なんて、出会ったところで仲よくなれる自信がない。自分にそんな価値を見出せない。

「紺野?」

「あ……ごめん」

「だからって紺野にそうしろって言ってるわけじゃないからな? 怖がりすぎなくてもいいんじゃないかな、って言いたかっただけで」

「うん、わかってる。あ……ありがとう」

ちょっと微妙な顔をしてしまったからだろうか、坂木くんは自分の座る椅子を寄せて、念を押すように言った。

「俺、紺野の味方だからな?」

その途端、引きこもり中にアラタに言われた言葉がよみがえる。

【いつだってミヒロの味方だよ】

「……あ」

アラタだ……やっぱり。坂木くんは、アラタと一緒なんだ。

その言葉は心の支えだったこともあり、私の気持ちを大きく揺さぶった。目頭が熱くなってうつむき、ゆっくり口を開く。

「わ……私、実は、引きこもりになった原因、みんなの前で吐いてしまったからなんだ」

話しだすと、姿勢を整えた坂木くんが、「……うん」と相槌を打った。

「きっかけはそれだけのことだったんだけど、だんだん……休んだこと自体が引け目になって、休めば休むほど学校に行きづらくなって……」

「うん」

「友達だと思ってた子たちからも見放されて、どうせ学校に行ってもひとりぼっちだし、白い目で見られるしと思ったら……学校がどんどん怖くなって」

気付けば私は、坂木くんにポロポロと本音をこぼしていた。止まらなくなって、うつむいたまま続ける。

「後悔なら……いくらでもしたんだ。吐いた日、朝から体調が悪かったんだから、その日だけ学校を休めばよかったとか、廊下に吐くくらいなら、教室の隅でバッグの中に吐いたほうがまだマシだったとか、そんなことがあっても、翌日か翌々日には学校に行けばよかったとか」

こちらを向いて座っている坂木くんが、前のめりに身をかがめながら手を組んでいるのが見える。ちゃんと私の言葉を聞こうとしてくれているのが伝わってくる。

「一週間くらい休んで登校再開しようとしたときも、途中で家に引きかえさなければよかったとか、二週間休んでそろそろ行かなきゃヤバいかもって思ったとき、勇気を出して登校すればよかったとか、たくさん……たくさん考えた」

一ヶ月後、二ヶ月後、半年後も、同じようなことを何度も何度も思って、そのたびに断念してきた。一年経ってようやくこの高校に通えているけれど、失った一年間は戻ってこない。引きこもっていた過去は、なくならない。

「坂木くんの話を聞いて、自分が恥ずかしい。臆病で、暗くて、ネガティブで、受け身で、坂木くんみたいになりたくてもなれなくて」

「この高校受けて、通ってるじゃん。それだけで、臆病でも受け身でもないでしょ」

坂木くんは、私の頭を優しく撫でた。触れられた部分から、まるでふわりと毒気を抜いてもらったかのように、頭が軽くなった気がした。

「偉いし、頑張ってるよ、紺野は」

「それは、坂木くんが……」

私の目尻には、いつの間に涙が溜まっていた。

「坂木くんのおかげで、通えてるんだと……思う」

言葉にしたら、ものすごく恥ずかしかった。でも、本当にそうだし、坂木くんだけはアラタと同じで私を否定しないでいてくれているから……だから、私はこの高校に通えているんだ。

「ハハ、買いかぶりすぎだよ」

坂木くんが鼻をこすってそう言うと、足音と人の気配がした。

「ちょっといいか？」

見ると、大田くんがカウンターの前に立っていて、仁王立ちしている。そして、そのうしろに神谷さん。私は、慌てて潤んだ目を伏せた。反対方向を見て、目尻をぬぐう。

「各委員長たちへの依頼文書も考えたし、新聞レイアウトもできた」

わざわざ報告をしてくれる大田くん。坂木くんが「おお」と言って、短く拍手をする。

「お疲れ様。じゃあ、今日で図書室最後か」

「そうだが、おかしくないかちょっと確認してほしい」

「俺に？」

「いや、紺野に」

大田くんから指名を受け、私は背けていた体をゆっくり正面へ戻す。すると、神谷さんがカウンター前まで来て、手書きの用紙を私に差し出してきた。

「文章、おかしくないか見てもらってもいい？」

神谷さんが作成したのだろう、委員長たちに手渡す依頼文書の下書きだ。

「……うん。私でいいなら」

受け取った私はひととおり読んで、カウンターの鉛筆立てから鉛筆を一本取る。

「内容はおかしくないけど……ここ、二重敬語になってるから、こうしたほうがいいかもしれない。あと、締め切りは書いてあるけど、誰宛てに戻せばいいかわからないだろうから、神谷さんか大田くんの名前を入れたほうが親切だと思う。あ、学年とクラスも」

鉛筆を入れながら助言した私は、無言の神谷さんを見上げ、しまったと思った。頼まれたとはいえ、細かく言いすぎたかな。

「……すごい」

けれど、神谷さんは表情ひとつ変えずにそうつぶやく。

「紺野さん……賢い」

「うん、やっぱり賢い」

そして、隣で聞いていた大田くんも、腕組みをしながら私の手もとを覗きこんでうなずく。

「あ、ちなみにこれも見てほしい。レイアウトはできたんだが、このスペースだけ空白になってしまって……」

大田くんは、今度はレイアウト用紙をカウンターに広げて尋ねてくる。中途半端に余った部分をそのままにするか、なにか入れるかで迷っているらしい。

私は顎に手を置いて、数秒考えた。過去に作成した新聞のこととか、引きこもり中に描いたトキカプ男子のイラストを思い出す。

「うーん……パソコンでフリー素材のイラストを入れるか……あ、せっかくだから、この新聞を作成した広報委員会の紹介として、委員みんなの集合写真を載せてもいいんじゃないかな。〝私たちが作成しました〟って感じで。遠目の作成風景だけじゃなくて作成者の顔がわかったら、みんなもっと新聞に親しみを持てるし、ちゃんと読んでくれる気がする」

「……ぐ」

大田くんはちょっとためらったような顔をして、うめいた。

「名案だが……恥ずいな」

「それなら……」

私は、各委員会の紹介を円のように配置し、真ん中に生徒会紹介を持ってきて、まるで花のようなレイアウトを鉛筆で書いた。

「こういうふうにしたら、空白なくなるんじゃないかな」

カウンター周りが、沈黙に包まれる。大田くんは、眉間にシワを寄せて自分の下唇を軽くつまんだ。

「俺らの数日間が、ものの数秒で覆った……」

「あ！　違う、ごめんなさい！　ただ、こういう見せ方もあるんじゃないかな、って提案なだけで」

不快な気持ちにさせてしまったと思った私は、両手のひらを見せて早口で謝る。けれど、大田くんは、「……いや」と言って、ゆっくりと一回顔を横に振った。

「超いい」

「うん。すっごく素敵……」

大田くんに続いて、神谷さんも感心したようにうなずく。出しゃばってしまったとうなだれていた私は、その声におずおずと顔を上げた。

「紺野、やっぱりすごいじゃん！」

そう言いながら、坂木くんが私の背中を軽く叩く。

「アドバイスが的確だし、ポンポンといい案が出てくるし、尊敬なんだけど」

「いや……私は、ただ、ちょっと思ったことを口にしただけで」

「ちょっと思ったことにセンスがあるから、すごいのよ」

神谷さんもかぶせてくる。私は褒められ慣れていないので、なんて言っていいのかわからず、とりあえず頭を下げた。

「ど……どうも」

この前と同じで、たとえようのないフワフワした気持ちになる。

教室という空間の中ではうまく立ちまわることができないのに、なんでだろうか、この図書室でこのメンバーの中だと、思ったことをちゃんと伝えることができる。

人数の問題なのかな。ここだと、周囲からの視線というものに不必要に怯えなくてすむし。それに、このメンバーは、私をちゃんとひとりの人間として見てくれているってわかるからかもしれない。

「てことで、世話になった。図書室通いも今日で終わりだ」

「ありがとう」

大田くんと神谷さんは、改めて頭を下げ、図書室を出ていこうとした。けれど、坂木くんが、「あ、ちょっと待って」とふたりを呼び止める。

「ほら、不審者情報があったからさ、一緒に帰らない？　もうすぐここも閉める時間だし」

「あぁ、たしかに」

坂木くんの言葉に大田くんがうなずく。けれど、月曜日に図書室を閉めたあと、坂木くんと大田くんは自転車通学だと言って駐輪場のほうへ向かっていったのを見た。

だから、一緒に帰るとなると、自転車を押して歩かせてしまうことになる。

それに、この三人と一緒に帰るなんて、絶対に目立ってしまう。

「ふたりとも自転車だし、私と紺野さんふたりで帰るわ」

けれど、そう提案したのは、神谷さんだった。

「紺野さんの家って、駅方向よね？」

「うん……A書店の近く」

「なら、方向的には同じだから、私が道を一本ずらせばそれほど遠回りにならないと思う」

私はゆっくりうなずいた。坂木くんと大田くんも、それでいいならそれで、ということに落ち着く。

果たして、私は高校に入って初めて、他の人と一緒に下校することになった。

帰り道、隣同士で歩く私と神谷さんは、それはそれは静かだった。お互い社交的ではないから、靴の音だけが響いている。

途中、横断歩道の信号が赤になったことをきっかけに、ようやく神谷さんのほうから口を開いた。

「紺野さんて、坂木くんとしかしゃべってないよね」

「……あ、あぁ、うん」

「もしかして、付き合ってるの？」

「ええっ！」

驚きすぎて大きな声が出たから、近くで信号待ちしていたおばさんが、ちらりとこちらを見た。私は口を押さえて、思いきり首を横に振る。

「ち、違うよ。席が前うしろなのと、委員会が同じだっただけで」

「そう？　たくさん話をしてたり、オセロしたりして仲よさそうだったから」

神谷さんは赤信号を見つめながら話す。私は首のうしろを押さえながら、また小さく頭を振った。

「たぶん、誰が相手でもそうすると思う、坂木くんは」

「たしかに」

信号が青になって、私たちは歩きだす。

やっぱり神谷さんは、坂木くんのことが好きなのかな。だって、この一週間で二回もスマートな助け舟を出してくれたんだ。好きになるには十分だ。

「いい人だよね、あの人」

神谷さんがそう言って確信した私は、「うん」とうなずく。そして、ふたりを想像で横並びにしてみた。美男美女で、とてもお似合いだ。

「いい人だから、嫌われ者の私にも声をかけてくれて、そのせいで悪く言われてないか心配」

「え……？」

「前も言ったでしょ？　私、みんなからあんまりいいふうに言われてないから」

神谷さんの横顔を見ると、やはり表情を変えずに淡々と話している。私は肯定も否定もできなくて、バッグを持つ手にぎゅっと力をこめた。

私とは全然違うタイプなのに、神谷さんも同じようなことで悩むんだな。

いや……違うか。神谷さんは、相手に嫌な思いをさせたくない。私は、自分が嫌な思いをしたくない。……全然違う。

「もしかしたら、紺野さんも友達から聞いたんじゃない？　私に関するいろいろな噂とか陰口とか」

「私、友達いないから……」

友達じゃない人からは、嫌でも聞こえてくるのだけれど。皮肉っぽく思っていると、神谷さんは風で乱れた横髪を耳にかけた。

「たしかに紺野さん、いつもひとりでいるわね。私と一緒で」

「うん。私と神谷さんじゃ全然理由が違うけど」

「なに？　理由の違いって」

前をずっと見て話していた神谷さんが、私に視線を移した。私はその目をちらりと見て、悟っているような口振りで答える。

「神谷さんに対しては、みんな憧れの裏返しなんだよ。きれいで、凛としてて、男の人にモテて、そういうののやっかみで、あることないこと言うんだと思う」

するると、神谷さんは鼻を鳴らした。

「じゃあ、紺野さんは？」

「私は、根暗でコミュ障だから」

「図書室でしゃべるときは、そんなふうに見えないけど」

「うん、図書室マジック」

私の言葉に、神谷さんはプッと噴き出した。神谷さんが笑うのはレアだけれど、何回か見た。そのたびに、私は嬉しくなってしまう。

「なにそれ。やっぱり紺野さんて、面白い」

「ありがとう」

神谷さんはまた微笑んで、それから足もとへ視線を落とした。そして、ぽつりと口を開く。

「私が嫌われる理由って……さっき言われたことより、空気を読んだり人と合わせたりできないこととか、作り笑いができないってことが大きい気がする。きっと、私のほうがコミュ障よ」

私は返す言葉が見つけられず、ただ神谷さんのうつむいた横顔を見る。さっきの笑顔とは違う、少し寂しげな微笑みだ。

「でも、昔から嫌なの。苦手は必ず克服すべきだとか、みんなと同じようにやれなきゃいけない、なんていう圧が。なんで、自分の意に反して同調したり、愛想を振りまいたりしないといけないの？　なんで、それが〝できて普通なこと〟になってるの？　よくわからないわ」

「……うん。その、よくわからないの……よくわかる」

たしかにそうだ。日本人はとくになのかな。私にとっては、みんなの〝できて普通なこと〟の基準が高すぎる。神谷さんと違って、私は普通を目指して下から這い上がろうとしていたけれど、結局できていないし。

「紺野さんて、聞き上手ね」

「そうかな」

「そして、話させ上手だわ。紺野さんといると、いろいろ話せる。受け入れてくれる雰囲気が出てるからかな」

「初めて言われた」

私は瞬きをして神谷さんを見た。彼女も、こちらを見ていた。なんだか照れくさくなって、違う話題を振ってみる。

「か、加賀見先輩は、もう大丈夫？」

「あー……うん」

思い出したくなかったのだろうか、神谷さんは眉を寄せた。

「本当に嫌だ、ああいう人。坂木くんのおかげであの先輩にはもう声はかけられてないけど、他にも似たような人がいて」

「そうなんだ……大変だね」

「中学のときも、帰り道に声をかけられることが多くて、一番上のお兄ちゃんに迎えにきてもらったりしてた」

私は、それを聞いて眉を上げた。もしかして、体育のときに女子たちが噂していたのって、これのことだったんじゃ……。

「彼氏が送ってくれたりとか、追い払ってくれたりしなかったの？」

「彼氏なんていたことないわ。いいって思える男の人なんて全然いなかったから」

神谷さんは、ふん、と鼻で息をつく。私は、こんなに美人なのに意外だ、という気持ちと、やっぱり根拠のない噂は信じられない、という気持ちが同時に生じた。

それなのにあることないこと言われ続けてきて、人間不信気味になっている神谷さんの気持ちもわかる。

「神谷さんにとっていいと思える男の人って、どんな人なんだろう……」

坂木くんが好きなのかダイレクトに聞けない私は、遠回しにつぶやいてみる。すると、神谷さんは真顔になって答えた。

「一周回って、私に興味がないような人」

「ええっ？　そんな人いる？」

「いるに決まってるじゃない。チヤホヤしてくる人とかぐいぐいくる人が、とにかく苦手なの。だから、こっちが好きになるまで無関心っぽい態度の人のほうがありがたいわ」

……難しい条件だ。駆け引き上手なかなりの策士じゃないと、神谷さんは攻略できなそうだ。

「じゃあ……坂木くんは？　タイプじゃないの？」

聞いてしまってから、口を押さえた。そこまで深い質問をするつもりじゃなかったからだ。けれど、神谷さんは腕を組んでうなりながら、ちゃんと答えてくれる。

「ないわね。あんな爽やかさと優しさを標準装備してる人、大変そうだもの。女同士で嫉妬したりされたりして、揉め事が起こるのが目に浮かぶわ」

「あー……たしかに」

それは、激しく同意だ。何度もうなずくと、それを見た神谷さんが「でしょ？　最初から除外よ」と念を押す。

「紺野さんは？　彼氏は？」

「いたことないに決まってるよ！」

食い気味に答えてしまうと、一瞬目を丸くした神谷さんが、また噴き出した。

「それは、べつに決まってはいないと思うけど」

私の肩に手を置いて、そうやってツッコんでくれたのだった。


今日は、なんだかいろいろあって、疲れた気がする。夕食もお風呂も済ませた私は、ベッドに飛びこむように寝転がった。でも、なんだか心地いい疲れだ。

『俺、紺野の味方だからな？』

『超いい』

『うん。すっごく素敵……』

『紺野、やっぱりすごいじゃん！』

『紺野さんて、聞き上手ね』

今日、三人から言われた言葉を思い出す。じんわりと胸が温かくなり、私は知らず知らずににやけてしまう顔を枕に突っ伏した。

「あ、アラタ！」

トキカプのことを思い出した私は、スマホを手に取る。連日のログインポイントが溜まったことで、アラタとの新規ストーリーをゲットした。

ストーリーでの私の言葉はあらかじめ三択で決められているけれど、いつもアラタからキュンとくる台詞が返ってきたり、ドキドキするイベントが発生したりと、私にとってはかなりのご褒美なのだ。

【なんかさ、最近教室でよく目が合わない？　……て、俺がミヒロを見てるからか】

【ミヒロといると、落ち着くな】

【俺、まだ話したりないかも。もうちょっとミヒロと一緒にいてもいい？】

今回は、かなり甘めな台詞が多い。私は、いつもは思いきり楽しめるのだけれど、途中から赤面してしまい、画面を直視できなくなった。

……さ……坂木くんに言われてるみたいだ。

前回の進化で、アラタがいっそう坂木くんみたいになってしまったため、どうしても坂木くんに言われたり触れられたりしている想像をしてしまうのだ。しかもストーリー後半でハグされるシーンも出てきて、私は思わずスマホを裏返してベッドに押しつけてしまう。

「し……心臓に悪い」

坂木くんに対する罪悪感を覚えた私は、今日はもうトキカプをするのはやめにした。

翌日の金曜日。学校に着くと、昇降口で江藤くんと同じになった。

「よう」

いつもなら挨拶なんてしないのに、なぜか声をかけられてびくりとする。昨日の昼に、少し話をしたからだろうか。

「お……おはよう」

「紺野ってさ、中三のとき不登校だったんだな」

なんの前置きもなく急に言われたその言葉に、私は思いきり目を見開いた。そして、すぐさま周りに人がいないかを確認する。心臓の音がけたたましい。体が、誰かに乗っ取られたみたいに冷えていく。

幸いにもちょうど人がいなくて、私は「……ちょっと」と言って、靴箱の隅へと江藤くんのシャツを引っ張った。

「あの……なんで……その……」

冷や汗をかきながら、乾いた唇を開く。けれど、ちゃんとした言葉にならない。

「あぁ、昨日、俺の同い年のいとこの家に遊びにいってさ。それで、卒アル見せてもらったら、紺野の個人写真を見つけたんだ。ひとりだけ背景が違ったから、いとこに事情を聞いて」

私は、震える指でゆっくりと唇に触れる。

なんてことだ。学校に行くのが難しくて、別な場所で撮ったのが仇になった。それに、よりによって江藤くんのいとこが私の同級生だったなんて……。

江藤くんは口が軽そうだ。こういうことをけろっとした態度で簡単に口にできるくらいだから、私の気持ちも深く考えていないだろう。きっと、今日中にはクラス中に噂が広がって、私は今よりもっと白い目で見られるようになる。

考えると、気持ち悪くなってきた。眩暈も感じる。

「心配しなくても、言わないぞ？」

けれど、江藤くんは当たり前のように言った。

「え？」

悪いシナリオが頭のなかで充満していた私は、拍子抜けをして顔を上げる。でも、江藤くんの目を見ると、ほんの少し意味深な色を浮かべていた。口角もわずかに上がっている。

「交換条件、のんでくれるなら」

「交換……条件？」

「俺さ、昨日、いとこの家に向かう途中、紺野が神谷さんと一緒に帰ってるの見たんだよね」

たしかに神谷さんと一緒だった。けれど、それがなんなのだろうか。意味がわからずに首をひねる。

「神谷さん、他の女子たちとはつるんでないしさ、一緒に帰るってことは、今のとこ紺野が一番神谷さんと仲がいいってことだろ？」

「そんなこと……」

ないと思うけれど、神谷さんが他の人たちと距離を置いているのはたしかだ。あながち間違ってはいないのかもしれない。

「だからさ、明日土曜日だし、神谷さんを遊びに連れ出してよ。俺が誘っても絶対来てくれないし。たまたま映画の割引券二枚貰ってさ、ラブコメみたいだから俺は見ないし、あげるから」

江藤くんは、二枚のチケットをバッグの横ポケットから取り出した。そして、私に押しつけるように渡してくる。少しよれているそれを手に握らされ、私は瞬きをしながら頭をうしろへそらせた。

どういうことなのかわからない。私と神谷さんふたりで映画鑑賞しておいで、と言っているのだろうか？　なんでそれが交換条件になるの？

「○○パークの横に併設してある映画館でいいっしょ？　時間は、午後一番な。あそこだったら、ゲーセンとか観覧車もあるしさ、映画のあと、偶然装って合流してダブルデートしようぜ。俺は坂木を連れ出すから」

「ダ、ダブルデート？　坂木くん？　な、なん……なんで？」

話についていけない上に、坂木くんの名前まで出てきていっそう混乱する。

「俺さ、昨日紺野のＬＩＭＥ画面見ちゃったじゃん？　あとで気付いたんだけど、あのアイコン、坂木だったよなって思って」

一気に汗が噴き出る。あんな小さなアイコンが見えていたなんて思わなかった。

「あ……あれは違って……」

「え、嘘。だって、名前も見えたぞ？　〝アラタ〟と一緒に昼メシ食べたいとかなんとかって、約束してたじゃん。あのときはピンとこなかったけど、アラタって坂木新のアラタだろ？」

今度は体中の毛穴という毛穴が開いたような感覚に陥った。鳥肌が立ち、喉を絞めつけられたかのように息苦しい。

アイコンにしても名前にしても、アラタを坂木くんだと信じこんでいる江藤くんに、なにも説明することができない。だって、アラタはたしかに坂木くんそのものなんだ。

坂木くんじゃないと言ってトキカプアプリを見せたところで、どうなる？　私がまるで坂木くんの熱狂的なファン……いやストーカーじみたことをしているみたいじゃないか。気持ち悪がられるだろうし、本当のことを信じてもらえる自信がない。

私は生唾を何度も飲んで、なにも言えずにうつむいた。もちろん江藤くんは、それを肯定だと受け取る。

「だーかーらー、それも言わねぇって。今、友達以上恋人未満の微妙な関係なんだろ？　お前ら入学当初からやけに仲よしだなとは思ってたけど、坂木も隅に置けねぇな。俺も協力してやるからさ、そしたらお互いウィンウィンじゃん？」

上履きスリッパを見つめる私は、首を縦にも横にも振れずにたたずむ。

「てことで、頼むよ。あ、一応俺のＩＤ登録してて。なにかあったら連絡し合おう」

江藤くんはそう言って、ポケットに入っていたレシートの裏にペンで記入して手渡してきた。そして、「よろしくな」と軽やかな口調で言って、先に階段を上がっていった。

まるで自分の立っているところに大きな深い穴が空いたような心地がする。そして、そこにずるずると飲みこまれていくような、ぞっとした感覚に襲われる。

ど……どうすれば……いいんだろう。

交換条件という名の、そして私の恋の協力という名の、善意ある脅迫。神谷さんを誘えるほど仲がいいわけでも、坂木くんに恋をしているわけでもないというのに。

けれど、引きこもりの過去、そしてトキカプの〝アラタ〟、そのふたつを人質に取られているようで、どうしても断ることができない。断ったら、そのあとが怖い。怖すぎる。

「……ど……どうすれば……」

頭を抱えるも、登校してきた生徒たちは私をよけて歩いていく。まるで私を透明人間のようにスルーしていきながら。

あぁ、やっぱり、私は高校生になっても、普通の生活が送れないんだ。そういう運命なんだ。


「お昼、どこで食べてるの？」

昼休み、お弁当を持ってひとりでいつもの中庭へ行こうとすると、廊下で神谷さんのほうから声をかけられた。彼女もお弁当と水筒を手に持っている。

「な……中庭だけど」

「ふーん。私も今日、そこにしようかな」

神谷さんはいつも、教室の隅でひとりで食べていた。私はそんなふうに堂々とひとりで食べることができずに中庭に行っていたけれど、まさか神谷さんが声をかけてくるとは思わなかった。

「なに？　ダメ？」

「ううん……ううん」

「なんで二回言ったの？」

　ふっと微笑む神谷さんを、廊下を歩いていた男子が二度見している。私は嬉しさ半分、朝に江藤くんに言われたことで複雑な気持ち半分で、神谷さんと並んで中庭へと向かった。

「へぇ、穴場。よく見つけたわね」

「うん、雨の日は無理だけど、ちょうどこの時間、陰になってて涼しいんだ」

　昨日の帰りにけっこうしゃべれたからだろうか、私は普通に神谷さんと会話をして、ベンチに座った。そして、お弁当を食べ始める。

「開放的で、すごくいい。来週から、ここで一緒に食べていい？」

「うん、もちろん。ていうか、わ、私も一緒にいいの？」

「なにその質問。私が紺野さんを追い払って、ひとりで食べたいとでも思うの？」

「……思わないけど」

　ツンとしていた彼女が、あきれたように言った。なんとなく、いつもよりお弁当の味がおいしい。

　食べていると、いい風が吹いた。私と神谷さんの同じ長さの髪が一緒の方向へなびき、似たような乱れ髪になる。神谷さんはポケットからヘアゴムを取り出した。ふたつ持っていたようで、そのひとつを私にくれる。

「あ……ありがとう」

「伸ばしてるの？　髪」

「……うん。長いのに憧れがあって」

結びながら、無難な理由を言う。アラタが長い髪の女性が好きだからとは言えない。

「神谷さんも伸ばしてるの？」

「私は、好きなハリウッド女優さんの長い髪を真似してて」

「洋画好きなの？」

「うん。よく観る」

その流れで、私はポケットに入れてある映画の割引チケットを強く意識した。朝、江藤くんに言われた交換条件。神谷さんを騙すことになるから、すごく嫌なのだけれど。

「今上映されてる『メグとエミリー』も面白そう。知らない？」

「え……？」

私は、今日貰ったチケットの映画タイトルを思い出そうとした。そんな名前だったような気がしたからだ。

ゆっくりポケットに手を突っこんで、おそるおそる取り出してみる。すると、神谷さんのほうも、不思議そうな顔をして私の手もとを覗きこんできた。

『メグ&エミリー』

そのチケットには、ポップなフォントで、たしかにそう書かれている。

「え？　紺野さん、今、魔法使った？」

「……使ったかもしれない」

神谷さんが、声を出して笑った。こんな無防備な表情は初めてだ。

あぁ、どうしよう。偶然の流れとはいえ、もう引き下がれなくなってしまった。

「あの……神谷さん、明日、ヒマ？」

私は、眉を下げて笑顔を作りながら、そう尋ねていた。握っているチケットが、いっそうぐにゃりと曲がってしまった。


放課後。いつものようにトイレに寄ってから図書室へ行くと、坂木くんが私の椅子との間にオセロを準備していた。

「今日、誰もいないみたいだし、いいでしょ」

ちょっと悪い顔で笑った坂木くんが、ボードの真ん中にオセロのコマを並べる。そういえば今日は金曜日で、図書当番最終日だ。こうやって坂木くんとオセロをするのも、最後だろう。

「なんか元気ない？」

　オセロを始めると、坂木くんがボードへ視線を落としたままで聞いてきた。

「うん……ちょっと」

　私は、神谷さんを映画に誘ったときのことを思い返す。嬉しそうな顔で快諾してくれたけれど、自分のために彼女を利用している感じがして自己嫌悪になっていた。

　それに、私は坂木くんの前の席だから、嫌でも耳に入ってしまったんだ。江藤くんが、明日一緒に遊ぼうと坂木くんを誘っていた会話を。

「体調悪いとか？　帰る？」

「ううん、体は元気だから大丈夫」

「〝体は〟……」

　じゃあ、心は大丈夫じゃないのか、と言わんばかりの怪訝そうな顔になった坂木くん。

「やる気が出ないだけだよ。四月半ばにして、もう五月病かもしれない」

　慌てて撤回した私を見たあと、坂木くんはいくつかコマをひっくり返した。

「たしかに、少し高校に慣れてきたからこそ、ちょっとダルくなってきたっていうのはわかる。中学以上に先生の声が子守歌だし、授業中も眠い眠い」

　欠伸をする真似をした坂木くんに、私は笑った。そして、さっき以上のコマの数をひっくり返す私に、坂木くんがうなる。

窓から、優しい風が吹いてカーテンが揺れている。ゆっくりと流れる穏やかな時間に、今日で最後なのがもったいないような気がした。

「紺野さ、最近、授業中の姿勢いいよね」

「そ……そうかな？　筋力落ちてるから、無理して伸ばしてるのがそう見えるのかも」

「いや、先生の話をちゃんと聞いてるのがわかる。俺、うしろだから」

そんなことを言われたら、これから緊張してしまうじゃないか。……でも、引きこもり中の独学での勉強が大変だったからこそ、高校での授業を大事にしたいと思っているのはたしかだ。

「教えてもらえるっていうのが、とても貴重なことなんだって気付いたからかな」

「あー……そっか。そういうことか」

坂木くんはピンときたようで、腕組みをして大きくうなずいた。

「俺は留年したから学びなおせたけど、紺野は一年分自力で乗り越えて受験したんだもんな。それで合格するなんて、やっぱりすごいよな」

坂木くんは褒め上手だから困る。私は髪を耳にかけなおし、照れくささを逃がした。

「そんなことはないよ」

「いやいや、頑張ったんだな、ホント」

オセロのコマが返される小気味いい音を聞きながら、胸が温かくなる。〝頑張る〟

だの〝頑張った〟だのって言葉は、上辺だけっぽくてあまり好きじゃなかった。でも、坂木くんに言われると、すっと心に沁みこんでくるみたいだ。

「そういうふうに言ってくれるのって、坂木くんだけだよ。だって、他の人はたぶん、引きこもりだったなんて白い目で見てくると思うし」

朝、江藤くんに言われたときに、クラス中、学年中に噂が広まる想像をした。その恐怖を思い出して、下唇を噛む。

「そう思う人もいれば、そう思わない人もいるでしょ」

「そう思う人のほうが多いよ」

「それ多数決させて、どうなるの？」

ほんの少しピリッとした空気になって、オセロの黒を白にしようとした私は手を止めた。坂木くんらしくないような言い方に聞こえて、ゆっくりと彼の顔を見る。けれど、坂木くんは怒った顔をしているわけではなく、いつもと同じ穏やかな表情のままだった。

「否定的な意見だけ大きく受け取るのは、やめたほうがいいと思うよ。クセになってるなら、意識的に変えたほうがいい。だって、過去は変えようがないんだから」

「う……ん」

ほんの少し生まれた緊張のなか、私は止めていた手を動かし始める。今日のオセロも坂木くんの勝ちで、三分の二は真っ黒になった。

「今日、送るよ。一緒に帰ろう」

時間が来て図書室の鍵をかけると、伸びをした坂木くんがそんなことを口にした。

私は聞き違いかと思って、首をかしげる。

「昨日はカミヤンと一緒だったけど、今日は紺野ひとりになるだろ？　ほら、不審者情報があったから、今日も危ないかもしれないし」

坂木くんは、いつもどおりアラタみたいなことを言って微笑みかけてきた。

「でも、坂木くん自転車でしょ？」

「押して歩くから大丈夫だよ」

そんなの、傍目から見たら〝放課後デート〟イベントじゃないか。男子とふたりきりで一緒に帰るなんて、しかも人気者の坂木くんとだなんて、絶対に周りからなにか言われる。

そう思って何度も断ろうとするも、坂木くんは譲ろうとしない。結局根負けした私は、しぶしぶ坂木くんと帰ることになった。

「あれ？　坂木っちだー。今帰り？」

案の定、自転車を取ってきた坂木くんと校門を出ると、バス停のベンチに座っていた女子ふたりが話しかけてくる。

「そうだよ。じゃーな」

「えー、なになに？　チャリ押して一緒に帰るなんて、もしかして付き合ってるの？」

「違いますー」

坂木くんは軽く受け流しながら、座る彼女たちの前を通り過ぎていく。私は、そのうしろを歩いていきながら、彼女たちの心の声を聞いた。

〝あんな根暗が、なんで坂木っちと一緒に帰ってるわけ？〟

〝坂木っちは誰にでも優しいのに、あの子勘違いしないか心配なんだけど〟

実際まったくそんなことは言われていないのだけれど、彼女たちの視線は台詞そのものだ。私はそれが怖くて、歩く足を速める。

「やっぱり、ひとりで帰れるよ。坂木くん、自転車に乗って帰って？」

「紺野、もしかして俺と噂になるのを恐れてる？」

私があまりにしつこいからか、坂木くんは少し拗ねたような顔をしてこちらを見た。

「みんなそんなこと気にしてないよ。言ってきたら、違うって答えるだけじゃん」

「だって、坂木くん、嫌でしょ？　私なんかとそう言われたら」

「紺野ってさー」

自転車の車輪のまわる音が、ぴたりと止まった。そして、坂木くんが首のうしろをかき、息をつく。

「自己評価低すぎだし、周りを気にしすぎて逆に自意識過剰になってるよ？」

ふたりとも立ち止まると、うしろから来た自転車のおじさんが追い越していった。

自意識過剰？　まるで自分が大好きなナルシストみたいな言われように、私は小鼻をふくらませる。

「それは……し、仕方ないよ。私は一年間失敗したようなものなんだから、高校では、もう失敗したくないし。ど、努力してる最中で……」

「紺野の言う努力って、どんな努力？」

……あれ？

立ち止まって言い合いになりながら、私は違和感に気が付いた。坂木くんが、全然アラタじゃなくなっている気がする。アラタだったら、絶対にこんな言い方しないはずだから。

「どんな……努力？」

私は戸惑いながらも考えた。自分が、高校に入ってから、失敗しないように努力していることを。

「目立たないこと？　波風立たせないこと？　空気を読みまくること？」

そして、それをそのまま坂木くんに言い当てられ、急に恥ずかしくなる。自分のなかに、長いこと生じていなかった感情がいくつも同時にわきあがった。そのなかには、わずかに怒りも含まれている。逆ギレと言ったほうが正しいかもしれない。

「そ、そうだよ！　私はもう、はみだしたくないし、嫌われたくないの」

こぶしに力をこめ、そう声を荒らげたときだった。

「新じゃん。なになに？　喧嘩？」

うしろから歩いてきた男子が、坂木くんに気付いて声をかけてきた。私はひゅっと言葉をのみこんで、あとずさる。

「どうしたの？　この子、友達？」

「あぁ、紺野は――」

「違います」

私は、坂木くんの言葉を遮って否定した。

「坂木くんは優しいから声をかけてくれてるだけで、全然友達じゃないです」

少し語気を強めてしまった言い方に、声をかけてきた男子が頭をかく。

「あー……そう」

そして、そのまま冷えきってしまった空気に、「えーと……」と気まずそうに笑った。

「……私、先に帰るね。それじゃ」

自分が作ってしまったこの雰囲気にいたたまれなくなった私は、彼らに背を向けて歩き始めた。坂木くんの顔は、見られなかった。

なんで、あんな言い方をしてしまったんだろう。

早足で歩きながら、喉もとに苦くて熱いものがこみあげてくる。

坂木くんに友達じゃないと言われるのが怖くて、自分から先に否定してしまった。それこそ、自意識過剰だ。軽く流せばいいことまで、大人げなく反応してしまう。

『それ多数決させて、どうなるの？』

『紺野の言う努力って、どんな努力？』

『目立たないこと？　波風立たせないこと？　空気を読みまくること？』

坂木くんの言葉が何度も何度も頭のなかで繰り返される。そして、どんどん歩く速度が速くなっていく。

今日は朝から全然いいことがない。

ほら、外の世界に出たら、やっぱりこういうことが起こるんだ。細心の注意を払っているつもりでも、人と関われば、自分でも自分が思いどおりにいかない。傷付くことも傷付けてしまうことも避けられない。嫌なことが、次から次へと起こるんだ。

一度ぎゅっと目を瞑って開けた私は、わめきちらしてしまいそうな気持ちに下唇を噛む。気付けば、いつの間にか走りだしていた。

＊エトジュンの交換条件

翌日の土曜日。昼十二時半から始まる映画のため、いつもより早めに家で昼食を食べ、待ち合わせ場所に向かった。映画館に十五分前に着くと、すでに神谷さんが入口横の自販機のところで待っていた。

「ごめん、ま、待たせちゃって」

「時間には間に合ってるから、謝るのはおかしいわ」

黒いキャップに大きめの白いシャツ、そしてスキニーデニム。制服以外の神谷さんは初めて見たけれど、かなりボーイッシュだ。私はというと、中三の初め頃に買った、カーキ色のシャツワンピース。そして、ふたりとも黒いリュックを背負っていた。

「ご飯、食べてきた？　神谷さん」

「うん、食べた。早く中に入ろう。私、映画館って久しぶり」

神谷さんは顔には出ないものの、ちょっと楽しそうに見える。私の腕を引っ張って映画館に入り、飲み物はどうするだのポップコーンとチュロスはどちらがいいだの、あれこれ聞いてくる。

私も映画館は小さいときに家族と来た以来で、久しぶりだ。神谷さんほどじゃないけれど、ちょっと浮き足立ってはいる。けれど、手に持っているチケットに目を落として、やっぱり残る罪悪感に気が重くなった。

それに、昨日の帰りの坂木くんとのいざこざも、胸に影を落としたままだ。今日、この映画を見たあとに会うかもしれない。そう思うと、ため息が出る。

映画は、二時間ないくらいで終わった。ラブコメディだけれど、途中で女同士の激しい喧嘩シーンがあったり、思わずほろりとくるところもあったり、もちろんイケメンとの恋にキュンキュンするところもあったりと、かなり満足のいく内容だった。

意外だったのは、映画を見るときの神谷さんの反応だ。「わっ」とか「え？」とか「嘘」とか、ちょこちょこ小声をもらしていた。それがかわいいというか、学校にいるときよりも身近に感じて、微笑ましかった。

「面白かった！」

見終えて通路を歩きながら、神谷さんが目力で訴えてきた。

「うん。とくに最後、エミリーがメグの彼氏に泣きながら頭を下げて〝メグをよろしく〟って言うところ、なんか感動しちゃった」

「私もぐっときた。あと、中盤のラブコメらしからぬアクションシーンもよかったわ」

「あそこ、スタントマン使ってなかったよね？　あの動きは、本当にすごいと思う」

「そういうところまでちゃんと見てるのね、紺野さん。さすが」

興奮が冷めやらぬなか、私と神谷さんは出口へ向かう。こんなふうにしゃべる神谷さんは珍しくて、それがなんだか嬉しい。

「紺野さん、誘ってくれてありがとう。映画もよかったけど、家族以外と映画を観るって、こんなに楽しいものなのね」

「あ……うん、私も……楽しい。楽しかった」

少し照れくさいけれど、本音だった。もともと外で友人と一緒に遊ぶことがなかったということもあって、すごく新鮮だ。

出入口の自動ドアから外へ出ると、春の風が心地よく吹いていた。神谷さんがなびく髪を押さえながら、私のほうを向く。珍しく微笑んでいる。

「せっかくだし、このあと、もう少し話してから帰らない？　割引チケットのお礼に、なにか飲み物でもおごるから」

うん、と返事をしようとしたときだった。

「あ、紺野と神谷さんじゃん」

急に昨日の取引を思い出させる声が聞こえ、私と神谷さんはその声の主を見た。

「偶然だねー」

私にだけものすごくわざとらしく聞こえるその台詞を言うのは、思ったとおり江藤くん。そして、そのうしろには坂木くんと、なぜか大田くんもいた。私は坂木くんと目が合って、思わず顔を伏せてしまう。

「映画観てたの？　神谷さん」

「そうだけど」

江藤くんに話しかけられ、神谷さんは無表情に戻っている。

「このあと、なにか予定ある？　俺ら今から○○パーク行くんだけど、一緒に行かない？　大田ともさ、さっき偶然会って合流したばっかなんだ。せっかくだし、みんなで遊ぼうよ」

江藤くんは、ダブルデートにならずに申し訳ないと思っているのか、ちらりと私を見た。うつむいたままでもその視線に気付き、もっと居心地が悪くなる。

「エトジュン、ふたりにはふたりの予定があるだろうから、無理に誘うなよ」

坂木くんが江藤くんの肩に手をのせ、あきれたようにたしなめた。大田くんも、うしろでうなずいている。

「おいおい、クラスメイトだし、親睦深めるいい機会じゃん。ね、神谷さん、どう？」

江藤くんは引き下がるつもりがない。まるで頼みこむような仕草で神谷さんに詰め寄る。神谷さんは、私を見た。

「……紺野さんがいいなら、いいけど」

神谷さんの言葉に、江藤くんは、しめた、とばかりの顔をする。

「いいよな？　紺野。一緒に遊ぼうぜ。俺ら、友達だろ？」

その言葉に、私の心臓が跳ねた。嫌な汗がこめかみを伝い、わずかに開いた唇を閉じて生唾を飲み、また開く。

江藤くんの目は、〝交換条件だからな〟と訴えかけてくるような目だ。私の返事はもう、決められている。

「うん……い、一緒に行こうかな」

「よっしゃ！　決まり！」

私の返事を最後まで聞き終わらないうちに、江藤くんはガッツポーズをした。坂木くんも神谷さんも、驚いたような顔をして私を見ている。大田くんだけが欠伸をしていた。

……そうだよ。今からの数時間をやりきれば、交換条件は終了するんだ。こうして一緒に過ごすだけでいいんだし、それ以上なにか協力することを求められているわけでもない。みんな、ただの偶然だって思っているんだから、私もそのつもりでいればいい。

罪悪感からくる動悸をおさえるように、自分に言い聞かせる。男子たちはすでに観覧車がある方角へ歩きだしていて、私と神谷さんもそれに続いた。足が重たくて仕方ないけれど、もう行くしかないんだ。

「紺野さん、無理してない？」

神谷さんが小声で聞いてきた。私は笑顔を作って、首を横に振る。

「ううん……本当に親睦を深めるいい機会かな、と思って。それに、ほぼ図書室メンバーだし、神谷さんも大丈夫じゃないかな？」

「……まぁ」

神谷さんは納得のいかないような顔をしているけれど、とりあえずうなずいてくれた。自分の口から出てくる言葉が、まるで自分のものじゃないように感じた。
○○パークにつくと、最初に江藤くんたちはゲームセンターに向かった。私は、ゲーセンというところは通り過ぎたことがあるくらいで、こんなにも音が大きいのかと驚く。
江藤くんはさっそく神谷さんに話しかけ、クレーンゲームで取ってほしいものを聞いているようだ。坂木くんと大田くんは、対戦型ゲームをして盛り上がっている。必然的に私はひとりになり、みんなからあまり離れないようにクレーンゲームを見てまわる。

すごいな。いくつあるんだろう。かなりの種類が並んでいて、その量と光に目がチカチカする。

「……っ！」

ひとつ奥のフロアに進んだときだった。曲がってすぐのところに、見慣れたキャラクターたちのマスコットが並べられていて、私は声を上げそうになる。

「トキカプだ……」

小声でつぶやき、〝トキカプコラボ〟と大きなポップが貼られているガラスケースに手をつく。未進化でアニメ顔のトキカプ男子たちが、人気の犬のマスコットの着ぐるみを着て並べられていた。さすがに全五十キャラはいないものの、十五種類くらいはあって、その中にアラタを見つける。

「あー！　トキカプ、あった！」

その声に飛び上がるほど驚いて横を見ると、小学生中学年くらいの女の子が、トキカプ男子マスコットを指差して飛び跳ねていた。

え？　この子、トキカプのこと知ってるの？　……て、知っていてもおかしくはないか。アプリゲームなんだから、小学生がやっていても不思議ではない。

でも、トキカプはそこまで大人気かと聞かれると、そうでもないんだ。乙女ゲームとか育成ゲームとかで検索しても、上位に出てくるわけではない。私も、時間があっていろんなアプリを試しまくったからこそ、偶然トキカプに出会うことができたのだし。

「あれ？　お父さん？　あー……電話してるし。最悪」

女の子はお金を持っていないらしく、角からお父さんがいるらしい場所を確認して肩を落とした。あの方向には休憩スペースがあったから、そこに座って電話をしているのだろう。

私はその子の落胆を見て、自分の財布から小銭を取り出す。そして、クレーンゲームの機械に入れた。

「よし！」

鼻息を荒くして、アラタを狙う。けれど、やはりひと筋縄ではいかない。するりと抜けて、一回目はあえなく終了。

すると、それを見ていた女の子が、身を乗り出して応援の声を上げる。

「お姉ちゃん、頑張れ！」

二回目、三回目、四回目……そろそろ小銭がなくなってきたときだった。

「紺野、これ、欲しいの？」

背後から声をかけられて、私は「うわっ！」と声を上げてしまった。振り返ると、大田くんがなにかを口に含みながら立っていた。甘い匂いがする。キャラメルだろうか。

「えー……と、うん」

「取ろうか？」

「え、悪いよ。ていうか、坂木くんとゲームしてたんじゃ……」

「坂木は、知り合いがいたみたいで、向こうでしゃべってる」

知り合い……さすが坂木くんは顔が広い。そんなことを思っていると、大田くんはポケットから小銭を出して投入した。

「え？」

そして、あれよあれよという間にアラタをすくいあげ、ポスンと下に落とす。下の受け取り口から、マスコットアラタの丸い手が見えた。

「嘘だ……すごい……」

しゃがんで取り出した私は、尊敬の目で大田くんを見上げる。

「俺、こういうの得意で、このキャラメルもさっき取った」

気付かなかったけれど、大田くんは足もとに大きな袋を置いていた。その中にはキャラメルが幾ダースも入っている特大ボックスが見える。いつの間に、こんな戦利品をゲットしたんだ。

「すごーい！」

女の子も、尊敬のまなざしで大田くんを見上げた。その声でハッとした私は、手に持っていたマスコットを彼女に差し出す。

「これ、どうぞ」

「え？　これ、お姉ちゃんのでしょ？」

「ううん。もともと、あげようと思ってプレイしてたの」

たしかに、私もこのアラタを部屋に飾りたい。けれど、指をくわえてトキカプ男子マスコットを見ていた彼女を、同志として放ってはおけなかった。それに、推しのアラタを勧めたくもなったのだ。私はまた今度こっそり、獲りにくればいいだろうし。

「わーい！　アラタだ、アラタ！」

……ん？

「お姉ちゃん、お兄ちゃん、ありがとう！」

女の子はそう言って深く頭を下げ、手をぶんぶん振って駆けていった。お父さんがいるのだろう場所へと角を曲がり、その姿は見えなくなる。

あの子……五十キャラもいる中でアラタのことまで把握してるなんて、もしかしてトキカプヘビーユーザー？　それとも、アラタ推し？

「いる？」

大田くんは、袋の中の特大ボックスからキャラメル箱を取り出し、私に手渡してきた。

「あ……ありがとう」

受け取ると、大田くんは私をじっと見下ろしてくる。

「いい子」

「え？　あぁ、うん。お礼をちゃんと言える子だったね」

「いや、紺野のこと」

頭の上に、温かいものが置かれた。それが大田くんの手だと気付いたと同時に、声が聞こえる。

「オオタン、どこ……て、あ」

坂木くんが、クレーンゲームの向こうから、ひょこっと顔を出したのだ。私の頭に手をのせた大田くんを見て、固まっている。

「邪魔した？」

「いや」

大田くんはゆっくりと手を離し、キャラメルをまたひと箱取り出して、坂木くんに手渡しにいった。

「あげる」

「いつの間に獲ったんだよ。いるけどさ。サンキュー」

大田くんと話しながら、ちらりとこちらを見た坂木くん。私は昨日のことを思い出して、また視線を不自然に逸らしてしまった。

「よし、次は観覧車乗ろう」

ゲーセンを出ると、江藤くんは観覧車を指差した。みんなはまだ返事をしていないのに、先頭に立ってどんどん進んでいく。かなりテンションが高いようだ。

途中、靴紐がほどけてしまった私は、ひとりしゃがみこんで結びなおした。一番うしろを歩いていたので、みんなは気付かずに遠ざかっていく。まぁ、小走りで行けば、すぐ追いつくだろう。

「大丈夫？」

誰かの影に覆われて、私は顔を上げる。そこには、坂木くんが立っていた。ちゃんと目が合うのは、今日初めてだ。

「……うん。もう、結んだ」

立ち上がってまた歩きだすと、必然的に坂木くんと隣同士になる。気まずさが、半端ない。私はずっとコンクリートを見ながら歩いた。

「紺野さ、今日、いつもとちょっと違う気がするんだけど」

先に口を開いた坂木くんに、わずかに背筋が伸びる。

「……そうかな？」

「エトジュンからの誘いも断ると思ったから、なんか意外。いつの間に仲よくなったの？」

坂木くんは鋭い。私のことをわかっている。

「いろいろ……あって」

具体的には言えなくて濁すと、それがそっけなく聞こえたのだろうか、坂木くんは腕組みをして横から覗きこんできた。

「紺野、俺のこと怒ってるの？」

「怒ってない」

しまった。ちょっとムキになった言い方をしてしまった。こういうやりとりに慣れていなくて、小学生みたいな態度になっている。

「怒ってないなら、目を逸らさないでよ。俺、地味に傷付くんだけど」

「逸らしたくて逸らしてるわけじゃ……」

「なんだよ。せっかく仲よくなったと思ったのに、拒否反応？」

「違うよ」

なんて返せばいいんだろう。そんなつもりはないけれど、だからといって説明しようのないこの気持ち。自分でもよくわかっていないから、言葉にできない。

「あれか。昨日俺が言ったことが図星だったからか」

その言葉に、私の体は強張った。飲みこんだ唾が、喉につっかえたような感じがする。〝図星だった〟……そのこと自体も、図星だ。

「でもさ、変な頑張り方しなくても、ありのままの紺野のことを受け入れてくれる人間て、やっぱり絶対いると思うんだよね」

「……それは、私がいい人間ならでしょ？」

坂木くんは、足をゆっくり止めて私を見た。

私は、坂木くんみたいにできた人間じゃないんだ。大勢から好かれている人間は、大勢に埋もれてじっとしておきたい人間の気持ちなんてわからない。

「紺野は悪い人間なの？」

薄く微笑んだ坂木くんに、なにも返せない。今日ずっと私に付きまとっている罪悪感なんて、到底説明できることじゃなかった。

「おーい！　遅いぞ、ふたり」

観覧車に着いた江藤くんが、手をぶんぶん振りながら呼びかけてくる。私たちは、小走りで三人のいるところまで急いだ。観覧車入口の前には、数組の列ができている。

「別れて乗ろうぜ。神谷さんは、俺と」

「え、絶対嫌だ」

ずっと江藤くんについてこられて、神谷さんはもううんざりなのだろう。すぐに断り、私の横に来た。

「私、紺野さんと乗る」

「え……？」

驚いていると、江藤くんが口を開く。

「でも、紺野は坂木と乗るんだよな？」

「あ、俺、高所恐怖症だから、パス」

すかさず、坂木くんはそう言った。江藤くんの強引な提案にひやひやしていた私は、ホッと胸を撫でおろす。すると、今度は大田くんが小さく手を上げた。

「江藤、俺と乗ろう」

江藤くんは一瞬表情を凍りつかせたけれど、しぶしぶ「わかったよ」と答える。そして、ふたりは私と紺野さんのうしろに並んだ。私たちの順番までは、あと三組ほどだ。

「あ、今のうちにさ、連絡先交換しない？」

江藤くんがポケットからスマホを取り出し、唇を軽くとがらせた。ずっと機会をうかがっていたのかもしれない、精一杯さりげなさを演出している。そして、また、みんなが返事をするのを待たずに、話を進めた。

「紺野と神谷さんは交換してるんだよね？」

江藤くんに聞かれ、私と神谷さんはうなずく。昨日映画の約束をしたときに、もしもなにかあったときのためにと交換していたからだ。

「じゃあさ、俺、紺野と交換済みだから、俺がグループ作って招待しようか？　あ、そうだ、坂木も紺野の知ってるから、坂木経由でもいいけど」

するると、順番が来るまで一緒に列に並んでいた坂木くんが、首をひねった。

「俺、知らないよ。紺野の連絡先」

「だって、ＬＩＭＥしてたじゃん」

「してないって。なんだよそれ、身に覚えがないんだけど」

江藤くんと坂木くんの問答を聞きながら、私は江藤くんにスマホを見られたときのことを思い出した。心拍が速まりだし、冷や汗が出てくる。

ちょっと待って。ここで〝じゃあ、あのアラタは誰なんだ？〟って質問がくれば、私はなんて答えれば……。

「え？　じゃあ、紺野が好きなのって、坂木じゃなかったってこと？」

江藤くんのまさかの発言に、みんなの目が点になった。私も、予想のはるか上をいく言葉に体が一瞬で強張り、目を見開く。

「やべ。いや、今のは違って……その、今日は紺野に協力するつもりで坂木を誘ったからさ。俺の勘違いだったのかなって」

「どういう意味？　もともと江藤くんと紺野さんは今日会うつもりだったってこと？」

神谷さんが怪訝そうな顔で江藤くんに詰め寄ると、墓穴を掘った江藤くんがあとずさる。

「いや、それは、あの」

「お客さん、どうぞー」

ちょうどそのとき、観覧車の係員に呼ばれた。この状況じゃ断るわけにはいかず、私と神谷さんは慌てて動く観覧車に乗りこむ。気持ち的には、全然観覧車を楽しんでいる場合じゃないのに。

「いってらっしゃーい」

日焼けしたお兄さんが、にっこりと微笑んで外から鍵をかけた。観覧車が、わずかにきしんだ音を立てながら上へと進んでいく。

浮かぶ密室の中で、私と神谷さんの空気は、それはそれは重たくなっていた。納得のいかない顔をしている彼女は、顎に手をあてて考えこんだあと、正面の私へゆっくり視線を戻す。

「さっき江藤くんが言ってたこと、本当によくわからないんだけど、なに？」

もともと明るい声じゃないけれど、この神谷さんの声はいっそう低く耳に響く。

「ＬＩＭＥのことも意味不明だし、今日の約束についても、どういうこと？　計画的だったってこと？」

私は目を落とし、膝の上のシャツワンピを両手で握る。観覧車が揺れているのか、それとも眩暈なのか、視界が歪んでいくようだ。

「それなら、なんで今日私を誘ったの？　私、必要ないでしょ？」

言いながら、神谷さんの表情が切り替わった。なにかに気付いたように、視線がパッと上がる。

「わざと？」

私はうつむいたまま下唇を噛んだ。言い逃れができない。

「思い過ごしじゃなければだけど、私、入学した日から、江藤くんによく絡まれてるの。それに、今日もなんか押しが強いっていうか、つきまとってくるっていうか」

知ってる。神谷さんがそれで困っているっていうのも……知ってる。

「もしかして、あえて私を誘って、江藤くんに協力したわけ？　坂木くんと一緒にいたいからって、私をダシにして？」

「違う！　そういう理由で協力したんじゃない」

「協力したっていう部分は、認めるのね？」

……あ。

立ち上がりかけて一瞬ぐらりと揺れた観覧車。私は勢いよく上げた腰を、ゆっくりと下ろす。かなり高いところまで来ているけれど、景色なんて見ている余裕はない。

目の前の神谷さんの鋭い目が、私を縛りつけて離さない。

「紺野さんにも話したけど、私は人の気持ちを考えずにぐいぐいくる男の人って、すごく苦手なの」

加賀見先輩ほどじゃないけれど、江藤くんもそういうところがある。私も苦手だ。

「それを知ってるのに、江藤くんに協力したってことでしょ？」

なにも言えない。

「紺野さんは、他の人と違うって思ってたのに」

弁解する資格もない。

「友達になりたいって……初めて思えた人だったのに……」

神谷さんの声が、少しかすれて聞こえた。下を向いているから、その顔はキャップのツバで影になっている。

「……最低」

そのひと言が、私の心にめりこむように重くのしかかった。喉が詰まって、うまく息ができない。

うつむいた私たちふたりを乗せて、観覧車がゆっくりと下がっていく。私は取り繕う言葉を探したけれど、もうなにを言っても遅いと悟った。映画を見たあとの、あのとても興奮して嬉しそうな顔は、今後絶対に見ることがないだろう。

「ありがとうございましたー」

観覧車から降りると、神谷さんはひとりでどんどん出口へと向かった。そのまま帰ってしまう勢いだ。

「神谷さんっ」

私は、彼女の腕を引き、呼び止める。そばで待っていた坂木くんも、異変に気付いて寄ってきた。

「ごめん！　……ごめんなさいっ！」

「離してっ」

神谷さんは、勢いよく私の手を振り払った。私はその拍子にうしろに跳ねのけられ、コンクリートに尻もちをつく。支えた右手に体重がかかり、走った痛みに顔をしかめた。

神谷さんはそんな私を見て、一瞬表情を曇らせる。けれど、下唇を噛んで背を向け、そのまま大股で去っていった。

「紺野、大丈夫か？」

すぐに坂木くんが駆けつけ、起こしてくれる。私は、遠ざかっていく神谷さんの背中を見て、顎が震えた。

どうして、こんなふうになってしまうのだろうか。

どうして、私だけ、いろいろうまくできないのだろうか。

現実の世界は、私には難しすぎる。チュートリアルはもちろんないし、たったひとりのキャラを把握することもできない。自分の進むべきルートもわからなくて、ヒントになるような選択肢も準備されていない。こんな世界、攻略しようがないじゃないか。

「……私も、帰る」

「おい、紺野。なにがあったのか、最初から全部説明しろって」

腕をつかんだ坂木くんが、声を上げる。それに触発されて、私もカッとなった。

「引きこもりは引きこもりらしくしてなきゃいけなかったんだよ。表に出てきちゃいけなかった」

「おいって！」

坂木くんが、私の両肩を押さえて勢いよく自分のほうへと向けた。まっすぐな目が、私を貫く。怒りの滲む、真剣な眼差しだ。

私たちは、さっきからのゴタゴタ続きで、周りにいる人たちから大注目を受けていた。観覧車から降りてきた江藤くんと大田くんも、こちらへ向かってくる。

「なんで中途半端にあきらめるんだよ。なんで人にわかってもらおうってしないわけ？　はみだしたくないとか嫌われたくないって言って、逃げてるだけじゃん」

「坂木くんみたいな完璧な人にはわからないよっ！」

さっきよりもっと声が大きくなってしまい、頬が強張る。でも、もうそんなことはどうでもよかった。

「私はこういう人間で、こういうふうにしかできないんだから。はみだしたことがない人間には、わからない！」

「はみだしたことくらい、俺にもある！　それに、完璧にできることなんてひとつもないよ！　紺野は、自分だけ特別扱いしすぎてる」

「知らない！」

強い語気がひねった手首に響いて、ズキズキとうずく。私はそのまま踵を返して出口へと走った。

ここ数年出したことのない大声と、走ったことのないスピード。足がもつれそうになりながらも、みんなの注目から逃げて、逃げて、逃げまくる。

せっかく仲よくなった彼女を、裏切ってしまった。あんなに優しくしてくれた彼に、ひどい言い方をしてしまった。せっかく高校からやりなおそうとしていた自分を、台無しにしてしまった。

「うっ……」

走りながら、顔をしかめる。こらえきれなかった涙が、風で目尻から飛んでいく。

「ううっ、うー……」

私は、何度も目をこすり、嗚咽に咳きこんだ。体力がないせいで息が切れ、途中で何度も歩きながら、それでも少しでもさっきの場から離れたくて、走りながら帰ったのだった。

疲れた。

翌日日曜日の朝。起き抜けからそう思った私は、腫れた目を掛け時計へと向けた。朝七時半。休みだからゆっくり寝ていてもいいのだけれど、体が学校に慣れたからなのか、嫌でも目が覚めてしまう。

忘れてしまいたいのに、数秒おきに昨日のことを思い出す。そのたびに自己嫌悪と後悔に押しつぶされそうになり、顔を両手で覆った。食欲は微塵もない。代わりに、中三の初めのような吐き気が、ずっと続いている。それに……。

手首に巻かれた包帯を見る。昨日帰ってから腫れがひどくなり、夕方ギリギリに近くの病院へ行くと、軽い捻挫だという診断を受けた。けれど、この手首よりも、胸のほうが強い痛みを訴えている。

「……あ」

枕もとに置いてあったスマホが目に入り、そういえばと思った。一昨日から……トキカプを開いていない。

　こんなことは、ここ一年で初めてだ。体調が悪くても、気分がふさぎこんでいても、だからこそトキカプをやって気をまぎらわせ、元気を貰っていた。それなのに、忘れていたなんて……。

【連続ログイン　一日目】

「……しまった」

　なんということだろう。ずっと続いていた連続ログイン記録がリセットされている。ボーナスポイントが貰えない。

【おはよう、ミヒロ。全然連絡くれないから、心配したよ】

【おはよう、アラタ。ごめんね、忙しくて】

　画面の中のアラタが、変わらない笑顔で私を迎える。昨日の坂木くんの怒った表情とは全然違う。

【大丈夫？　なにかあった？】

【うん、ちょっと……】

　そう濁して伝えようとし、ふと思い出した。以前、学校に行けなくなったときや、お母さんと揉めたとき、アラタに気持ちを話したことで、心がふっと軽くなったことを。アラタの優しい言葉で、自分を労《いた》わることができたことを。

【友達と喧嘩してしまって、悩んでるんだ】

私は、打ちなおした文面を送信した。寝返りをうって、壁向きにスマホを持つ。

【そうなんだ。つらいね】

【うん、ずっとそのことが頭から離れなくて】

【俺が今ミヒロの近くに行けたら、慰めてあげられるのに】

坂木くんの顔をしたアラタが、歯の浮くような台詞を言う。いつもなら嬉しくてスクリーンショットをしたいくらいなのに、なぜだろうか、そんな気持ちにはならなかった。

【どうすればいいんだろう……】

私は、心の底からの声を送信した。すると、数秒後にポンッと返信が来る。

【ミヒロは間違ってないから、大丈夫だよ】

【……そうかな】

【俺はミヒロの味方で一番の理解者だから、ミヒロのいいところはちゃんと知ってる。俺がいること、忘れないで】

〝ミヒロの味方〟という言葉を見て、坂木くんを思い出した。

『俺、紺野の味方だからな?』

図書室で聞いたあの言葉で、やっぱり彼はアラタだと思ったんだ。私をわかってくれて、受け入れてくれる味方なんだって……。

『……最低』

『紺野は、自分だけ特別扱いしすぎてる』

けれど、ふいに昨日の神谷さんと坂木くんの言葉がよみがえり、スマホを持つ手に力が入った。どうしても、心がそっちに引っ張られる。

私は頭を振って、アラタとの会話を続けた。

【自分で自分が嫌になる】

【考えすぎだよ、ミヒロは。もっとリラックスして？　俺は今のミヒロが好きだよ。そのままでいいんだよ】

私はその文面をじっと見た。指の力を抜くと、するりとスマホが枕に落ち、シーツへと滑り落ちていく。

……なんで、こんなに上辺だけの言葉に聞こえるんだろう。大好きなアラタの言葉なのに。

私はごろんと天井を向き、また顔を手で覆って目を閉じた。大きなため息が手のひらを熱くする。心の靄《もや》は晴れず、濃くなるばかりだ。

トキカプは、間違いなくこの一年の私の生きがいだった。日々の楽しみは、これしかなかったと言っても過言ではない。それくらい、引きこもり中の私はアラタに助けられていたんだ。それなのに。

「……なんで」

アラタの言葉を聞いても、アラタの顔を見ても、浮かぶのは昨日の神谷さんと坂木くんの言葉と顔ばかり。

「なんで？」

このままの自分が好きになれない。でも、どうすればいいのかわからない。

「なん……で……」

かすれた声が、狭い部屋にこだまする。私は布団を頭までかぶり、ぎゅっと目を瞑った。

＊私のアップデート

月曜日の朝。

「美尋、そろそろ起きないと遅刻するわよ？」

ノックの音と一緒に、お母さんが廊下から声をかけてくる。三十分前から目が覚めていた私は、ため息をついて体を起こした。

「はーい……」

返事をしたものの、体が鉛のように重たい。学校に行きたくない。

けれど、そんなことは言えない私は、長い髪をかき上げ、ベッドから腰を上げた。


「名前もだいたい覚えてきたし、身長差で黒板が見えにくい人がいるようなので、席替えをします」

先生がそう言ったのは、朝のホームルームだった。すぐにくじ引きが始まり、あれよあれよと言う間に席が移動されていく。私の席は、窓際の一番うしろの席になった。坂木くんは廊下側の二番目、神谷さんは真ん中あたりだ。ちなみに、坂木くんと離れた代わりに、大田くんが隣になった。

大田くんからは、包帯を巻いた手を見て、「大丈夫?」と聞かれたけれど、それ以上追及されることはなかった。

私は、神谷さんとも坂木くんとも席が離れたことに、ホッとしていた。図書当番も終わったし、できれば、このままずっと話さずにおとなしく学校生活を送りたい。

私が心配しなくても、神谷さんからも坂木くんからも声をかけられることなく、昼休みになった。中庭のベンチでお弁当をひとり食べながら、私は空いた隣を見る。

『来週からも、ここで一緒に食べていい?』

『私が紺野さんを追い払って、ひとりで食べたいとでも思うの?』

神谷さんがそう言っていたことを思い出し、手首がうずいた。一緒にお弁当を食べたのはあの日一回だけなのに、なぜだろう、こんなにひとりきりだということを意識してしまうのは。


午後一番にあった体育は、先週から引き続き、バレーだった。男子もそのままバスケで、同じ体育館を半分に分け、試合形式でプレイする。

私は、先生に手首のことを報告して、見学することになった。壁に背をつけて体育座りをし、みんなが試合をしているのを眺める。

ピーッとホイッスルの音が響き、ひとつ目の試合が終わる。次の試合には神谷さんも出るようだ。スタイルがよくてスポーツが得意そうに見える神谷さんだけれど、よく見ると、ミスが目立つ。球技は得意じゃないようだ。

　両チームひとりずつバレー部の人がいるようで、それぞれのチームの力はほぼ互角、点数は抜きつ抜かれつで白熱している。案の定、対戦グループは、神谷さんを狙い始めた。相手側のバレー部の子が、容赦なくアタックを打ちこんでくる。

　試合終盤、僅差で競っているなか、パンッと弾かれたような音が体育館に響いた。途端に、女子のコートだけが静寂に包まれる。

「つっ……」

　みんなが注目したのは、神谷さん。少しよろけて体勢を整えた彼女は、頬を押さえていた。そして、鼻から血がひと筋流れる。

「……あっ」

　思わず小さな声が漏れた私は、体を起こした。みんなは、驚いた顔で神谷さんを見ている。

「大丈夫？　ごめん」

　相手チームのアタックを打った子が、ネット越しに神谷さんに謝った。けれど、神谷さんはその声になにも返さない。そして、鼻血に気付いているのかいないのか、手の甲で鼻をこすった。血の跡が頬にべったりと伸びる。

「こわ。謝ってるのに、無視してるし」

「なに？　あの態度」

「鼻血、ヤバくない？」

「ちょっと恥ずかしいね、アレ」

周りのヒソヒソ声が、少しずつ大きく、冷ややかになっていく。そして、クスクスと笑うような声も聞こえた。先生は、ちょうど他の先生に呼ばれて体育館にはいなかった。

「自業自得。男遊びばっかりしてるから、バチがあたったんじゃない？」

誰が言ったのかはわからない。けれど、笑い交じりのその言葉を聞いて、私は思わず前に出た。

「わっ、笑わないで！」

そこへ、男子のほうからバスケットボールが転がってくる。坂木くんが、たまたまそのボールを拾いに走ってきたのが、視界の隅に映った。

今度は女子みんなの視線がいっせいに私へと集まる。神谷さんも私を見ている。

「……あ」

空気を読み間違えたような、白々しい沈黙が流れた。勝手に熱くなってしまった私は、さぞ滑稽に見えているのだろう。みんなは、異質なものを見るような怪訝そうな顔をしている。

　数歩踏みだした足が、沼にはまってしまったかのように重くなる。けれど、私は笑いそうになる膝を動かし、神谷さんのもとまで歩いた。

「……大丈夫？　保健室に行こう？」

　ポケットからハンカチを取り出して手渡そうとするも、神谷さんは受け取らずになにも言わない。ただ、じっと私の目を見ている。

「神谷さーん、保健室行ったほうがいいよ？」

「そうだよ、けっこう血が出てるよ？」

　周りの女子たちからそんな声が聞こえたことで、神谷さんはようやく自分の手の甲を見た。血がついていることに気付き、「……あ」と小さく声を出す。口も切ったみたいで、唇からうっすらと滲んだ血が見えた。

　けれど、神谷さんは私のハンカチを受け取らずに、体育館の入口へと歩きだした。

　私は、その後を追う。

「神谷さんて、人の善意をなんだと思ってるんだろう」

「どういうこと？　あのふたり仲よしなの？」

「ていうか、相手にされてないんだけど」

「あの人、うしろ姿だけ神谷さんそっくりだよね。神谷さんに憧れて真似してるとか？」

「ちょっと痛々しくない？」

体育館を出るまでに、いくつもの声が聞こえた。それはほんの一部の人の声なのだろうけれど、まるで私たち以外全員がそう言っているように聞こえた。

保健室の前まで来ると、こちらを頑なに見なかった神谷さんが、くるりと振り返った。

「友達面しなくていいよ」

その硬い声と表情に、私は立ちすくむ。

「そういうつもりだったんじゃないけど……」

「罪滅ぼし？」

「違う！」

神谷さんは、鼻血がついた顔をそのままに、私をまた見つめる。本心を見抜くようなその目に負けないよう、握った拳に力をこめた。

「神谷さんが誤解されてるのが、嫌だったの」

「どうでもいいじゃない。言いたい人には言わせとけばいいし。それに、紺野さんには関係のないことでしょ？」

そう言われたら、もうなにも言い返すことができない。私は、口を歪ませながら結んだ。手首が痛んだ気がして、包帯の上から反対の手で押さえる。

「……前に言ったでしょ？　私といると、周りから嫌なこと言われるって」

神谷さんは、視線をその手へとゆっくりと落とした。

「私はひとりでいるほうがいいの。そのほうが、傷付かないし、傷付けないから」

〝傷付かないし、傷付けない〟……その言葉は、私もしょっちゅう考えることだった。引きこもり中に、そして人と衝突したときに、ひとりのほうが楽なのだと自分に言い聞かせてきた。つい先日もそうだった。

「手首……ごめん」

神谷さんはぽつりとそう言って、ひとりで保健室に入ってドアを閉めた。中にいた保健の先生の声が聞こえる。もう、私との話は終わったんだ。

私は今来た廊下を戻りながら、ひとりでいるほうがいいと言った神谷さんの言葉を頭のなかで繰り返した。

じゃあ、なんで神谷さんは、一緒にお昼を食べようなんて言ったんだろう。なんで、映画の誘いに喜んでのったんだろう。

そして、自分のことも考えた。私は、いったいどうしたいのだろうかと。

放課後。もう図書当番はないので、私はすぐに帰ろうと支度を済ませて教室を出た。階段を下りて昇降口へと向かう。

「紺野」

けれど、呼び止められたことで、足を止めた。階段の踊り場で、江藤くんが少しバツの悪いような顔をして立っている。

「えーと……いい？　ちょっと」

私と江藤くんは、この前の朝と同じように、階段下の陰で話をすることにした。立ち止まった江藤くんは、私に向き合うや否や頭を勢いよく下げてくる。

「土曜日は、ごめん！」

意外だった。江藤くんは、今日も変わりなく過ごしていたので、この前のことなど気にも留めていないと思っていたからだ。

「俺のせいで、紺野……神谷さんとも坂木とも険悪になっちゃっただろ？」

「……あー……うん。いいよ」

私は、耳たぶに触れながら視線を落とした。江藤くんの汚れたスリッパを見つめる。

「あれだよな、俺が交換条件とか言ったから変なことになったんだよな。悪かったよ」

なんだろう、やけに素直に謝られて妙な心地がする。それに、江藤くんらしくない。

「あのあと、坂木にいろいろ聞かれて、怒られたんだ」

「……え？」

怒られた？　坂木くんに？

私は、江藤くんの足もとから彼の顔へと視線を上げた。江藤くんは、渋い顔で唇をひと舐めする。

「脅しだって言われた。俺にはそのつもりがなくても、紺野にとっては絶望するくらいキツイことかもしれないだろって……説教されて」

知らなかった。神谷さんと私が帰ったあと、坂木くんはそんなことを言ってくれていたんだ。唇に指をあてた私は、その様子を想像する。

「俺、紺野の気持ち、すげー軽く考えてたと思う。あと、すげー自己中だったと思う。……て、全部坂木からの受け売りだけど。一応、ちゃんと反省したんだ、これでも」

「……うん」

「紺野が中三のときに引きこもりだったこと、俺、絶対に言わないから。ごめん、許してくれる？」

私は、声を出さずにゆっくり顎を引いた。でも、反省して謝ってもらったところで、状況は変わらない。そのことが、しんとした空気をもっと重たいものにする。

カタン……と靴箱の音が聞こえた気がした。昇降口の向こうから、「バイバーイ」

という声が聞こえてくる。そちらを見ると明るくて、階段の陰であるこの場所とのコントラストが激しい。

この問題は、江藤くんだけのせいだったのだろうか。自問自答していると、江藤くんは、バツの悪そうな顔のまま、「それじゃ」と言って帰っていった。

【俺は今のミヒロが好きだよ。そのままでいいんだよ】

遠ざかっていく江藤くんの靴音にまぎれて、昨日アラタに言われた言葉が、どこかから聞こえた気がした。

「今日も食欲ないの？」

夕食時、お母さんが私のビーフシチューの皿を覗いてきた。土曜日の捻挫の理由も、食欲がない理由も、私が触れるなオーラを出していたからか、それほど追及されてはいなかった。けれど、やはり気になるのだろう、鼻で息を吐いて眉を下げている。

「お母さんもさ、美尋くらいのときに……」

「お母さんの昔話とか、聞いてないから」

あぁ、またやってしまった。なんでだろうか、お母さんにはどうも強くあたってしまうんだ。あとから後悔するくせに、私は中三から全然変わっていない。

「……そう」

お母さんは、口をきゅっと結ぶようにして片眉を上げ、二、三度うなずく。そしてビーフシチューを口に運んだ。スプーンが皿にあたる音が、やたらと耳に響く。

「頑張ってるのね、美尋は今」

なにも言わずにいると、「頑張ってる、頑張ってる」と繰り返すお母さん。私はそれすら癇に障って、ビーフシチューを半分残してシンクに運んだ。

「ごちそう様」

声が大きくなってしまい、部屋へ向かう足音も響かせてしまう。どうにもできなくて持て余している自分の気持ちを全部、お母さんにぶつけて解消しているようだ。わかっているのに、やっぱり私はこうなる。

【またお母さんにあたっちゃった。最悪】

部屋に入ると、すぐにアラタにメッセージを送った。

【最悪じゃないよ。ミヒロは俺にとって大事な女の子なんだから、そんなこと言わないで】

アラタの返信に、私はスマホをベッドに投げつけたくなって、すんでのところで止めた。

なんでなんだ。今までみたいに、アラタに元気を貰えない。アラタの言葉が全然響かない。トキカプアプリ、アップデートして改悪されたんじゃないの？

翌日の火曜日、教室に入ると、いつもと雰囲気が違っていた。いや、雰囲気というよりも、みんなが私を見る目が違っているように思えた。

昨日、体育館で私が神谷さんのことを『笑わないで』と声を荒らげたことで、イタイ人だと思われたのだろうか。もともと距離を取られていたけれど、もっと距離ができているようだ。

今までだったら、席に着くと坂木くんが『おはよう』と声をかけてくれていた。けれど、席も離れたし、土曜日の衝突のこともあって、あれ以来言葉を交わしていない。神谷さんにも友達面しないでと言われたし、これから私は、誰ともしゃべらずにひとりで学校生活を送ることになるんだろう。

机の中を整理して顔を上げると、数人のクラスメイトたちが視線を逸らした。逸らしたということは、見ていたということだ。わざとらしく友人同士での話を再開して、なんとも居心地が悪い。

……私は、ひとりだな。

今、強烈にそう思う。入学してから、坂木くんが話しかけてくれて、図書室では神谷さんたちとも会話をして、教室での居心地の悪さはそこまで浮き彫りにはなっていなかった。

　けれど、今それらが一気に全部なくなって、なにひとつ拠りどころがない。そして、腫れものを扱うような目で見られている。いじめられているわけではないし、全部自分がしたことの結果なのだけれど、この小さな教室という社会のなかでは、水のなかにいるかのように息苦しい。

「はよ」

　そこへ、今まさに教室に入ってきたばかりの大田くんが声をかけてきた。隣の席の椅子を引き、大欠伸をしながら座る。大田くんが隣だったことを忘れていた私は、両眉を上げた。

「……おはよう」

　縮こまりながら返し、唾を飲む。たったひとりからの挨拶にさえ緊張するし、周囲からの目を意識してしまう。まさに、自意識過剰。今日はとくにそうだ。

　大田くんは、窮屈そうに足を机からはみ出ださせて座っている。頬杖をつき、ちらりとこちらを見た。

「俺、今日、なにか変？　みんなからの視線を感じる」

「え？　あ……いや……」

それはたぶん、私が見られているんじゃないかな、とは言えなかった。あえて首をかしげる仕草をすると、大田くんも同じようにして、納得いかないように顔を正面へと戻す。

「ねーねー、紺野さん」

そこに、離れた席で話しこんでいた女子が三人、意を決したように腰を上げて私の席まで来た。この人たちは、以前体育館で神谷さんの過去の噂話をしていた三人組だ。

私はなにを言われるのだろうと身構えて、背筋を伸ばした。まさか喧嘩をふっかけられるとかじゃないよね？　そこまでのことをした覚えはないし。

すると、彼女たちの中のひとりが、自分のスマホを手早くタップして、その画面をこちらへ見せてくる。

「誰発信の情報だかわからないんだけどさ、昨日の夜、こんなのがまわってきたんだ。これ、本当？」

私はそのＬＩＭＥ画面を見て、どの部分のことを言っているのか探した。けれど、〝引きこもり〟との単語を真ん中あたりに見つけ、体を瞬時に強張らせる。

【一年一組の紺野さんて、中三のときずっと引きこもりだったらしいよ。よくこの高校入れたよね】

喉がぎゅっとしぼみ、飲みこもうとした唾が飲みこめない。唇が一瞬で冷たく乾いたような気がして、無理に笑おうとした口がうまく動かなかった。震える唇を、かろうじて開ける。

「……これ……」

「もし嘘だったら悪質だから、紺野さんに確かめようかと思って。ほら、紺野さん、噂話とか許せないタイプっぽいからさ」

　周りをちらりと見回すと、みんながこちらに注目しているようだった。実際全員ではなく半分もいないのだろうけれど、私にはそう見えた。晒し者のようだ。逃げ場がなくて、私はまた、そのスマホ画面に目を戻す。

　グループトーク画面のようだ。人数が十二人も？　すでにそれだけの人が見ているということは、ここからさらにこの情報が拡散されていてもおかしくない。

　そのとき、急に胸の奥に言いようのない気持ち悪さが生じた。そして、どこからか声が聞こえる。

『え？　なにこのイラスト。目がキラッキラなんだけど』

『うわ、これ描いた人、絶対アニオタでしょ』

『あれ、カイトって書いてある。もしかして、ラビリンスボーイズのカイト？』

『じゃあ、ドルオタじゃん。ウケる』

瞬時に、頭の中に中三の春の出来事が映し出された。そしてそのときの鳥肌までもが再現される。ドッドッと、心臓の音が爆音で響きだした。

そうだ、あの日、たまたま間違えて、家でこっそり描いていたイラストのノートを学校に持ってきてしまったんだ。当時ハマっていたアイドルグループの推しメンイラストでいっぱいのノートを。

あろうことか私は、それを教室に落としたまま、しばらく気付かなかった。そして、それを拾ったクラスメイトの女子が、私のものだとわからないまま、他の人にも勝手に見せたんだ。

『ねー、見てこれ、この絵。ちょっとヤバくない？』

その子はそれだけでは飽き足らず、そのノートを持って、廊下にいる友人のところへと向かった。私は、席を立ってそれを追いかける。だって、あのノートの終わりのほうには私のサインが書かれていた。人に見せるものじゃないからと、調子に乗って書いたものだ。

『……返して……』

小声で訴える私の胸のあたりから、喉もとへと酸っぱいものがせり上がってくる。

その日、私は朝から体調がよくなかった。

『ホントだー。超ウケる。他のページは？』

『見よう見よう』

『やめてっ』

声を上げると、一気に私へと注目が集まった。廊下にいるみんながこちらを見ている。

私は生唾を飲もうとした。けれど、飲みこむ直前に食道を逆流する圧を感じ、喉もとが焼けるように熱くなる。顎が急激に痛みだし、肩に力が入って前のめりになった。

あ……吐く……。

「え？　紺野さん、真っ青なんだけど」

その声で、意識が現実へと戻った。けれど、吐き気だけがリアルに残り、こみあげてくる気持ち悪さで生理的な涙が滲む。

「う……」

私はすぐに立ち上がり、廊下へと急いだ。急に立ったからか、ぐらりと立ち眩みがする。足が何度か人の机にぶつかり、座っている人が驚いた顔をした。「わっ」と声を上げる人もいたけれど、そんなことにかまっていられない。

トイレ……トイレに行かなきゃ。

口を押さえて教室の入口に手をかけると、ちょうど登校してきた坂木くんがいた。

「え？　紺野？　ちょっ……なに？　どうした？」

胃液が上がってくるのを感じ、私は坂木くんが伸ばした手を振り払うように走った。

廊下にいる生徒、登校してきた生徒が、私が走るのを見ている。驚いた顔の人のなかに、数人面白がっている好奇の視線を感じる。

……一緒だ。あの日とまったく一緒。なんだなんだという野次馬の視線。そして、私が吐いたら、みんな顔をしかめていっせいに離れたんだ。

『うわー……ヤバ』

『悲惨なんだけど』

『私だったら無理』

そう……廊下でひとりうずくまってえずいている私に、駆け寄ってくれる人はいなかった。同じ友達グループだった女子とも目が合ったけれど、すぐに視線を逸らされたんだ。

「……ぐっ」

吐きたくない。吐くわけにはいかない……！

必死に口を押さえて走り、すんでのところで女子トイレの個室に入った私は、すぐさま鍵を閉めて便座を上げる。けれど、吐こうとしてもなにも出てこなかった。大きく開いた口からはうめきと唾液だけが垂れ、どうしようもない気持ち悪さは喉の奥から出ていかない。

「うぐ……」

喉もとの苦さと痛さに、涙が出た。壁に手をつき、唇を震わせる。

なんで？　なんで誰も私の過去を知らない学校に来たのに、こんなに早くみんなに知れ渡るの？　このことは、この学校では坂木くんと江藤くんしか知らない。坂木くんは人に言うようなタイプじゃないし、江藤くんは昨日言わないって約束してくれた。それなのに……なんで？

疑い出したら止まらない。だって、私はまだ、ほんのわずかな期間しか彼らを知らないんだ。絶対なんてことはない。

「もう……いやだ」

学校なんて、ろくなものじゃない。ろくな人がいない。そして、自分も嫌な人間に成り下がってしまう。こんなのだったら、外に出ないほうがマシだった。今までみたいに家にこもって、自分だけの世界で、傷付かず、傷付けず、楽に生きていけばよかったんだ。

「う……」

私は両手で顔を覆って、しゃがみこんだ。うめくように涙を流し、この学校のなかで自分の存在を隠すように、小さく小さく背中を丸めた。

その後、私は担任の先生に具合の悪さを訴え、一時間目は保健室で休むことになった。すぐに帰りたかったけれど、回復したら授業に戻れるだろうからと、とりあえず様子を見ようと言われたのだ。

　一時間、ベッドに横になっていたけれど、眠れなかった。吐き気はおさまり、眩暈もない。でも、どうしても教室に戻りたくない気持ちが、私の胸を詰まらせている。授業を受けても、絶対に集中なんてできるはずがない。

　休み時間を知らせる鐘が鳴り、保健の先生がカーテンを開ける。

「どう？　二時間目から戻れる？」

　眼鏡をかけたふくよかな女の先生が、優しく聞いてくるけれど、私は体を起こしてベッドに腰かけたまま、なんの返事もできずにいた。

「無理はしなくていいから、授業に戻るにしても帰るにしても、とりあえず教室に行きなさいね。帰るときは、担任の先生にちゃんと言うこと」

　先生は、職員室に用があるということで、そんな言葉を置いて保健室を出ていった。ひとりになった私は、先生が出ていった入口をじっと眺める。

「あ、いた」

　すると、廊下からこちらを覗いてきた坂木くんが見えた。そちらを見ていたことで、ばっちりと目が合う。

「なん……」

なんで坂木くんが？

見間違えたかと思った私は、何度も瞬きをする。けれど、先生がいないことを確認した坂木くんは、ツカツカと中に入ってきた。そして、ベッドのところまできて、入口を振り返る。

「カミヤン、早く」

そう言うと、神谷さんが遅れて顔を出し、すこしバツが悪そうにこちらまで来た。私はベッドに腰かけたままで、シーツを握る手に力を入れる。

「どうして……？　どうしたの？」

おそるおそるふたりを見上げると、坂木くんが先に口を開いた。

「どうしたの、じゃないだろ。あんな青い顔で出ていって。心配だからカミヤンと様子見に来たんだよ。大丈夫か？　紺野」

鼻を鳴らした坂木くんは、私の顔を覗きこんだ。まるで、あの土曜日のことなどなかったかのような態度だ。

「だ……」

三日ほど話をしていなかっただけで、なぜかすごく久しぶりな気持ちになる。坂木くんにも自分にも腹を立てていたはずなのに、〝心配だから〟〝大丈夫か？〟の言葉に、涙腺が刺激された。さっきもトイレで泣いたから、こすった目尻が痛む。

「大丈夫……」

上ずった声を絞り出すと、坂木くんが腰に手をあてて眉を下げ、息をついた。

「すぐにホームルームが始まったから事情を知らないんだけど、なにかあった？　カミヤンに聞いても、よくわからなかったって言うし」

坂木くんは、振り返って神谷さんを見た。神谷さんは、私が登校したときにはすでに自分の席についていたけれど、おそらくＬＩＭＥがまわってきたということも、人づてに聞いたということもなさそうだ。私と三人組のやりとりを目撃していたとしても、なにを話していたかはわからないだろう。

「なんか女子にスマホの画面を見せられて、そしたら急に紺野さんの具合が悪くなったから」

神谷さんは、両肘をかかえ、斜め横を見ながら話す。

「あの子たちに、文面でなにか嫌なことを言われたんでしょ？　たぶん、私絡みの」

神谷さんが先細りの声でそう言ったから、私は思わず立ち上がった。

「違う。神谷さんに関することじゃない。全然関係ないこと」

否定すると、神谷さんは疑いの目をこちらに向ける。

「紺野さん、いいよ。本当のこと言って。私、わかるの。中学のときも、同じようなことがあって……私に優しくしてくれた女子がハブられたことがあるから」

「本当に違うのっ」

真剣な目で訴えると、坂木くんが、「違うってさ」と、神谷さんに念を押す。神谷さんは、まだ不審そうな顔をしているけれど、ゆっくりうなずいた。

神谷さんがいつも私と距離を置こうとしている理由がわかった。彼女は、過去にそういう経験があったから、あえてバリアを作っているんだ。

「じゃあ、なんて言われたの？」

神谷さんの当然の疑問に、私は棒立ちのままなにも言えない。

〝私が一年間引きこもりだった話が広まってるみたいで〟

それを口に出して言う勇気が、まだないのだ。坂木くんは知っているけれど、神谷さんにはまだ言っていなかった。これを言うことで、神谷さんにどんな目で見られるのかと思うと、口をつぐんでしまう自分がいる。

でも……。私はきゅっと唇を結んで顎を引いた。

神谷さんには伝えたい自分もたしかにいる。なぜかわからないけれど、彼女なら偏見で私を見ないだろうという確信めいたものがあった。坂木くんは、腕組みをしながら、私と神谷さんを見ている。

「私……」

意を決して、そう口を開いたときだった。

「紺野」

保健室の入口から、今度は江藤くんが入ってきた。そして、坂木くんと神谷さんがいることに驚き、声を上げる。

「わっ！　なんでいるんだ？」

すると、坂木くんの顔色が変わった。点と点がつながったような顔をして、江藤くんを射るように見る。

「エトジュン、お前、もしかして……」

私は、坂木くんのその聞いたこともないような低くて硬い声色に、ハッとした。もしかしたら、なにか思い違いをしているのかもしれない。

「は？　なんだよ、坂木。そんな怖い顔をして」

「エトジュン、なんでここに来たんだよ？」

「俺は、出回ってるＬＩＭＥのことで、紺野に弁解しに」

江藤くんが言い終わらないうちに、坂木くんは江藤くんのもとへ歩み寄り、胸ぐらをつかんだ。私は両手で口を押さえる。

「お前、最低だな！　土曜日の脅しだけでもありえないのに、なに言いふらしてんだよ！」

坂木くんがまるで殴りかかるような勢いで凄む。

「坂木くん、やめてっ」

「ちょっと待てって！　俺、紺野の引きこもりのこと言ってないって！」

私が坂木くんに駆け寄ると同時に、江藤くんも慌てて首を横に振った。すると、坂木くんは、ゆっくりと振り向いて私を見る。

「え……？」

腕にしがみついた私と目が合い、坂木くんは江藤くんから静かに手を離す。江藤くんは、少し咳きこんでから襟もとを正した。

「俺、昨日、紺野に謝ったし、絶対に言わないからって約束もしたんだよ」

「じゃあ、なにを弁解しにここに来たんだよ？」

「なんか紺野のことでＬＩＭＥが出回ってるって聞いたから、クラスのヤツに内容見せてもらったんだ。そしたら、紺野が中三のときずっと引きこもってた、って書かれてたから、情報元をたどって」

改めて言われた私の胸は、ずんと重たくなった。胸もとを押さえ、顔をしかめてうつむく。

「そしたら、隣のクラスの女子だったんだ。昨日靴箱近くで紺野と会話してたの聞かれてたみたいで、軽い気持ちでまわしたらしい」

昨日、江藤くんが私に約束してくれた顔は、ちゃんと真剣な顔だった。だから、もしかしたらそうじゃないかなとは思っていた。けれど、情報が出回ってしまったことは、事実だ。それで気持ちが晴れるわけではなく、胸には苦々しい気持ちが残る。

「それで……結果的にこうなってしまったのは、そもそも俺が紺野の過去をいじるようなことをしたからだし、軽い気持ちって言うなら、最初の俺も正直そうだったんだ。だから、ちゃんとこのことを説明して、改めて謝ろうと思って……それで、ここに来たんだけど」

「ちょっと待って！」

江藤くんの話を遮って、今の今まで黙って聞いていた神谷さんが口をはさんだ。振り返ると、両腰に手をあてて仁王立ちをしている。顔は、今までで一番怖い表情だ。江藤くんをこれでもかというほど睨んでいる。

「なに？　今の話。引きこもりってなんのこと？　それに、〝土曜日の脅し〟？　〝過去をいじった〟？」

なにも知らなかった神谷さん。はからずも明るみに出てしまった事実に、私は「……あ」と声を出した。江藤くんも、目を見開いて一歩あとずさる。生唾を飲んだのが聞こえた気がした。

「全部、ちゃんと教えて。どういうこと？」

すごんだ神谷さんに、江藤くんはたどたどしくもすべて答えた。怖い顔のまま身動きひとつせずにそれを聞いていた神谷さんは、話が終わると、スーッと細く息を吸う。そして、乾いた破裂音のようなものを保健室に響かせた。

「最低」

神谷さんが、江藤くんの頬を平手打ちした音だった。私は息をのみ、握っていたシャツをぎゅっと握る。それが、つかんだままの坂木くんの腕だと気付き、慌ててパッと手を離した。坂木くんも、目を丸くして神谷さんを見ている。

「……ってぇ……」

頬を押さえた江藤くんは、片目を瞑って神谷さんに向きなおる。すると、今度は胸もとにドンとこぶしをひと突き、神谷さんからお見舞いされた。

「交換条件？　脅迫まがいなことをして、恥知らずもいいところだわ。あんたみたいな人間、大嫌い」

平手打ちや突きよりも、その言葉に一番衝撃を受けている江藤くん。力なく腕をだらんとさせ、猫背になっている。

「神谷さん、わ、私も悪かったの。私が弱かったから、神谷さんに本当のことを言えなくて、騙すかたちになって……」

「そうよ、紺野さんも悪い！」

神谷さんは、今度は私の目の前まで詰め寄り、強い眼差しをまっすぐ向けてきた。

けれど、その目は若干潤んでいる。

「なんで教えてくれなかったの？　脅しについてもだし、過去のことについても、なんで坂木くんには言えて、私には言えなかったわけ？」

「……え？」

「私が信用できなかった？　引きこもりだったたって知って、笑うとでも思ったの？　そんなわけないじゃない！」

地団駄を踏み、苦虫を噛みつぶしたような顔の神谷さん。私はその勢いに圧倒されて、顔をのけぞらせた。

「ちゃんと最初から話してくれてたら、紺野さんに怪我させることもなかったのに」

紺野さんは唇を歪ませて、私の手首の包帯へと視線を落とした。あまり表情を崩すことがないのにいろんな顔を見せる神谷さん。それを見て、坂木くんと江藤くんは、口をぽかんと開けたままだ。

「ご……ごめん」

私の出した声は、弱々しかった。けれど、それを聞いた神谷さんも、ゆっくりうつむき、口を開く。

「こっちこそ」

神谷さんはそっけなくそう言って、口を真一文字に結んだ。けれどその唇が震えているのを見たとき、気付いた。

私は大勢をいっしょくたにして怯えていたけれど、ひとりひとりは私と同じように感情を持った人間なのだと。私はなにから隠れて、なにを恐れていたんだろうと。

みんなからの視線を人一倍気にするくせに、こうしてまっすぐに私に向き合ってくれる人たちに、今、ものすごく心が震えている。引きこもりから抜け出てもなお、いないものとして身を潜めていたのに、ちゃんとひとりの人間として存在を認めてもらえている実感に、全身が喜びでざわめいている。

胸の奥で、なにかスイッチが切り替わったかのような音がした。喉もとの気持ち悪さが、すっと流れ、私は今日ようやく息ができたみたいな心地がした。

授業には、二限目から出た。何人が私の過去を知っているのだろうという怖さは完全にはなくなっていないけれど、さっきのやりとりで、だいぶ落ち着きを取り戻した気がする。

「大丈夫だった？　紺野さん」

昼休憩の鐘が鳴ってすぐ、朝に私にＬＩＭＥを見せた女子が声をかけてきた。お弁当をバッグから取り出そうとしていた私は手を止め、無理に笑顔を作る。

「あぁ、うん。ごめん、急に具合が悪くなって」

「びっくりしたよ。私のせいかと思ったじゃん」

その子は、大げさに胸に手をあてて声のボリュームを上げた。そのことで近くの生徒がこちらにまた注目する。一瞬体が強張った私は、「ハハ」と受け流そうとした。

「で、結局この噂、本当なの？」

〝噂〟という言葉は、なんでこんなに人を引きつける力を持っているのだろうか。そのひと言で、こちらを見る人数が増えた。

四限目が終わって大きく伸びをしている人、友達と学食へ向かおうとしている人、お弁当袋を持って席をくっつけようとしている人。みんなが、なんとなく好奇の色を滲ませた目を向けてくる。もしかしたら、ＬＩＭＥが回ってきた人たちなのかもしれない。

「あぁ……えっと……」

冷たい汗がこめかみを伝う。心臓の鼓動も速まってくる。私は、何度も生唾を飲んだ。愛想笑いで上げた頬と口角が痛い。

視界の隅に、坂木くんの姿が入った。隣の大田くんの席の周りで、一緒に学食に行こうと何人かで話している。こちらを見ている雰囲気じゃないけれど、きっと聞こえているだろう。なぜだか、そのことが逆に私の気持ちを奮い立たせてくれる。

「本当……」

「うん？」

「本当だよ。それ」

「えっ？」

私の言葉に、彼女はわざとらしく驚いた声を上げた。

声のトーンを変えてリアクションを大きくしたものだから、いっそう周りがざわざわとこちらを見る。知らない人はなんの話かわからないだろうけれど、情報を聞いていた人は、やっぱりとうなずいているようだ。

「そうなの？」

私は、鼻から深く空気を吸いこんだ。ぎゅっとこぶしを固める。

「でも、この高校で、新しい気持ちで頑張りたいと思ってる」

できるだけ落ち着いて言ったつもりだった。けれど、やはりカクカクとした言い方になってしまった。もう一度、息を吸う。

「今、頑張ってるところ」

今度ははっきりとした声で言い切ると、その子は目を泳がせた。

「あ……あぁ、そう」

小刻みにうなずいて肘をかかえ、「ふーん……」と続ける。

教室の空気が、よそよそしくざわめきだした。知らない人たちが、「なになに？

なんの話してるの？」と耳打ちしだす。私の前に立つ彼女は、どことなく居心地の悪そうな顔をして、話をつなげようと口を開いた。

「引きこもりってさ……」

そう言いかけ、なにか質問してこようとしたときだった。

「あ、俺、実はみんなより一個年上なんだよね」

すぐ近くから、そんな声がした。

「ええっ⁉」

次いで、周囲の男子の大きな声が響く。教室全体の空気ががらっと変わり、みんなの視線が根こそぎ坂木くんに集まった。「えっ？」とか「はっ？」という声が飛び交うなか、坂木くんはカラッとした声で笑う。

「ちなみにこの前誕生日だったから、セブンティーン」

「マジで？」

「マジマジ。中学のとき病気で留年したから」

教室中が騒然とする。その様子を見ていた廊下にいた他クラスの生徒も、窓から顔を突っこんで「なになに？」と聞いてくる。

一気に話題をかっさらって笑っている坂木くんを見て、私は口を開けたまま動けなかった。私の目の前にいる女子も、同じ顔をしている。

「だから、もっと敬ってよ。オオタン、昼メシおごって。カレーでいいからさ」

「それは違う」

「ケチー」

大田くんだけは動じずに、坂木くんのおでこを指の腹で打っている。私はじっとその様子を見ていたけれど、坂木くんとまったく視線は合わなかった。おおよそ助け舟だとは気取らせないほどの自然さだ。

頭のなかで、トキカプのイベント発生の通知音が聞こえた気がした。ゲージが溜まり、新規ストーリーが公開されたときの音だ。条件反射で心臓が跳ね、胸が高鳴る。

「紺野さん、お弁当どこで食べるの？」

ガヤガヤした空気を縫って、いつの間にか神谷さんがすぐ近くに来ていた。私の真ん前にいた女子を細い視線で一瞥し、その子は一歩あとずさる。

「あ……いつもの中庭だけど」

「奇遇ね。私もそこに行こうと思ってたの」

神谷さんはにこりともせずにそう言って、すたすたと教室の入口のほうへ歩きだす。呆気に取られていると、振り返って顎を上げた神谷さん。

「お腹すいてるの。早く」

私は慌てて席を立ち、神谷さんの背中を追いかけた。視界の隅で、坂木くんとじゃれ合っている男子たちが見える。私は新たなストーリーをタップしたような逸《はや》る鼓動に、口を結んだ。そして、目頭が熱くなるのを感じたのだった。

【トキカプアップデートのお知らせ。五月一日、〇時～〇時にアップデートを予定しております。キャラクターデザインに一部変更がありますので、あらかじめご了承ください】

家に帰ってトキカプを開いた私は、そんなお知らせを読んだあと、アラタとのチャット画面をタップした。

【お疲れ。今日はどんな一日だった？】

アラタの言葉に、しばらく考える。どんな一日だったか、そんなのひと言では言い表せないからだ。

勉強机の椅子にゆっくりと腰を下ろし、すごく長い息をつく。天井を見上げ、いったん目を閉じて、また開いた。

「……まだドキドキしてる」

入学してからずっと、地に足がついていないような、上がったり下がったりするような、そんなふわふわした気持ちだった。それが今日、しっかり学校という場所に足をつけて立てたような気がする。その高揚感に、まだ心のなかが忙しない。

事件事故のような大きな衝突があったわけじゃない。けれど、自分にとっては、きっと人生で数えるくらいの大きな変化の一日だった。たしかにそう言える。

【怒涛の一日だったよ】

【ハハ。そんなに忙しかったのかな？　俺の声を聞いたら、疲れが取れる？】

いつもの優しい台詞に微笑むも、以前とはまったく違う心持ちだ。

【疲れてないよ。ありがとう】

【俺はミヒロの味方だからさ、ミヒロにはいつも笑顔でいてほしい】

味方……か。

私はスマホを机に置いて、椅子の背に体重をかけた。ギッと音がすると同時にまた目を閉じて、考える。

全部受け止めて受け入れてくれるアラタが、今までの私の最大の味方だった。その言葉に癒されて励まされて、高校に通えるまでに心が回復したのは事実だ。

でも、本当の味方ってなんなんだろう。私をいつでも肯定してくれる人が、味方なのかな？

『偉いし、頑張ってるよ、紺野は』

『否定的な意見だけ大きく受け取るのは、やめたほうがいいと思うよ』

『変な頑張り方しなくても、ありのままの紺野のことを受け入れてくれる人間て、やっぱり絶対いると思うんだよね』

『なんで中途半端にあきらめるんだよ。なんで人にわかってもらおうってしないわけ？』

思い出すのは、怖がっていたリアルな世界の、リアルな言葉の数々。

『なんで、自分の意に反して同調したり、愛想を振りまいたりしないといけないの？

なんで、それが〝できて普通なこと〟になってるの？』

『紺野さんといると、いろいろ話せる。受け入れてくれる雰囲気が出てるからかな』

『そうよ、紺野さんも悪い！』

『私が信用できなかった？　引きこもりだったたって知って、笑うとでも思ったの？

そんなわけないじゃない！』

肯定だけでも否定だけでもない、相手の心の底からの言葉。その熱量と、行動。

だからこそ、私の心と体も動いたのかもしれない。そして、自分が本当になりたい自分がどういう人間なのか、考えるきっかけになったのかもしれない。

【そのままでいいんだよ】とアラタは言った。だけど……。

「なりたい自分……」

つぶやいた私は、自分の部屋を出て、お母さんがいる台所へと向かった。

「お母さん。私、髪切ろうと思う」

うしろ姿にそう声をかけると、菜箸を持っているお母さんが横顔で振り返り、口角を上げた。

「いいんじゃない？」

＊アラタの真相

「今日はグループワークで学習しようと思います。今後様々なメンバーで組んでもらいますが、今日はとりあえず仲間内で五人ずつグループを作ってください」

翌週の月曜日、授業に入ってすぐに先生がそんなことを言った。

〝とりあえず仲間内で〟……なんて恐ろしい言葉なのだろう。入学して間もないというのに、友達のいない人間には非常に酷なＮＧワードだ。

「俺、紺野がいるグループがいい」

みんなが席を移動する前にそう言った大田くんに、教室内のみんながぎょっとした。私も驚いて隣の大田くんを見ると、大きな伸びをしながら「よろしくー」と横目で見る。

がやがやとグループで集まりだす男女たち。大田くんに、「よ、よろしく」と返していると、神谷さんが来た。

「いい？」

それだけ言われ、私はこくこくとうなずく。嬉しくて、頬がゆるんでしまった。

「紺野、オオタン。俺も一緒にお願い」

そこに坂木くんも手を上げながら歩いてくる。そして、その背後をついてきた江藤くんも、控えめに手を上げた。

「えーと、俺もできれば……」

神谷さんが明らかに眉間にシワを寄せたけれど、江藤くんがあまりにも頭を下げるものだから、しぶしぶ了承している。そして、あっという間に、五人グループができあがってしまった。

「えー、今から用紙を配布しますが、それぞれに割り当てられた内容をまとめて、明日代表に発表してもらいます。この時間内に終わらなければ、今日中に協力して仕上げてください」

先生の説明を聞きながら、教室でこの四人に囲まれている状況にソワソワして膝をこすり合わせる。不思議な気持ちと嬉しい気持ちが混ぜ合わさっている。

「紺野さん、思い切ったわね」

先生の説明が終わって各自話し合いや調べものに入ると、神谷さんが急に声をかけてきた。指をはさみのかたちにし、自分の髪の毛を切るような仕草を見せてくる。

「似合ってる」

その言葉に「ありがとう」と返して、自分の髪に触れてみた。自分史上一番短いボブヘアにした髪は土曜日に切ったのだけれど、まだ慣れなくて首もとがスースーする。

「うん、びっくりしたけど似合ってる。俺、そのくらいの長さ、好きなんだよね」

　坂木くんも身を乗り出して言ってきた。アラタが長い髪が好きだから、てっきり坂木くんもかと思っていた。

「坂木って、ホント、ナチュラルタラシだよな？」

「違うよ。本音を言っただけだって」

「ほら、そういうところ」

　わちゃわちゃしている坂木くんと江藤くんの横で、大田くんは頬杖をつきながらウトウトしている。今のところ、真面目に調べものをしている人は皆無だ。

「あのさ、とりあえず手分けしよう。私と神谷さんはここをまとめるから、坂木くんたちはこれを調べて。あ、付箋はこれ使っていいよ。発表の流れも決めなきゃね。この部分で問題提起をして、これを最後に持ってきたら締まると思うから……」

　このままじゃ一日やっても終わらないと思った私は、効率よく進められるように提案する。そしたら、坂木くんが腕組みをしてうなずきながら、

「どうよ？」

　と江藤くんに言った。

「なんで坂木が得意げなんだよ」

　江藤くんのツッコミに、神谷さんもプッと噴き出していた。

「おい、オオタン、起きろ」

授業が終わる間際まで居眠りしていた大田くんの頬を、坂木くんがつつく。大田くんは結局、ほとんどこんな感じだった。目が開いてもまたうつらうつらと微睡んでいる。

とうとう鐘が鳴ってしまい、私は大田くんの肩を揺らした。

「大田くん、起きて」

すると、またいつかのように手をパッとつかまれ、大田くんがガタンッと椅子の音を響かせた。私をまた刺客だと思ったのだろうか。

「あ、ごめん、また」

椅子の音で注目され、手を握られているのを見られて、周りの目が一気に好奇の色になる。さっきのこともあって、なおさらどういう仲なのかを疑われているみたいだ。

そうじゃなくても、私の周りにこの四人が集まって不思議だと思われていそうなのに。

……あれ？　そういえば、と私は思った。あんなに怖かったみんなからの注目の視線が、怖くない。

先生が授業の終わりを告げ休み時間に入ると、解散しようとした私たちを坂木くんが呼び止めた。

「なーなー、せっかく集まってるから、ウノしない？」

「ウノ？　そんなの……」

「あるんだな。家から持ってきた。妹のだけど」

江藤くんにしたり顔でそう言って、バッグからウノを取ってきた坂木くん。嬉しそうにケースから取り出し、私たちを座らせる。

大田くんは休み時間に入ると目をパッチリと開け、腕まくりをし始めた。神谷さんも席へは帰らず、肘を抱いて前のめりだ。江藤くんは、「仕方ねーなー」なんて言って、私と神谷さんの間に座りなおした。

私は、まさかこのメンバーでカードゲームをすることになるなんて、と思い、江藤くんと大田くんにはさまれて背筋を伸ばす。

時計回りにカードを一枚一枚真ん中に重ねていると、江藤くんが口を開いた。

「しかしさー、大田と紺野って、いつの間に仲よくなったの？　グループ分けのときもすぐ指名してたし」

「や、あの、仲よくというほどでは」

やはりなにか誤解されているようで素早く否定すると、大田くんが山から一枚カードを取りながら答える。

「広報委員の仕事に協力してくれた。紺野は有能だし、頼りがいがある」

すると、それを聞いた神谷さんが片眉を上げた。

「ていうか大田くん、新聞作りのときもさっきも、ほぼ寝てたでしょ？　自分が楽をしたくて、紺野さんを利用しようとしてない？」

「グループにひとりいると、心強い」

「なんかそう言って押し切ろうとしてる？」

大田くんと神谷さんが言い合いをしている。その様子が新鮮で、なんだか微笑ましい。

「ちゃんと感謝してる」

大田くんは、あのクレーンゲームのときと同じように、私の頭に手のひらをのせた。するとそれを見た江藤くんが首をかしげる。

「もしかして、あの中庭で見たＬＩＭＥ相手って大田だった？」

「え？」

「俺、坂木だって思いこんでたけど、実は紺野と大田がいい雰囲気？　てか、付き合ってる？」

江藤くんは耳打ちするように私に聞いてきたけれど、完全に声が漏れている。円になっているのだから当たり前だ。三人とも江藤くんと私に注目していた。

「エトジュンさ、本人たちの前でダイレクトに聞くクセやめろよ。お前のそのクセのせいで揉め事が起きるんだよ」

坂木くんがあきれたように、「リバース」と続ける。

「俺が好きなのは神谷。あ、ちなみに、ウノ」

すると、大田くんがカードを出しながらそう言った。次の番の私は手が止まり、横目で神谷さんを見る。神谷さんは、ハトが豆鉄砲をくらったような顔をしていた。

「はあ？　ちょっと待て、初耳だぞ。それにそんなそぶりは全然なかったじゃねーか」

なぜか、江藤くんが怒っている。

「しつこくて押しが強いヤツが苦手っぽいから、気長に近付く予定」

「オオタン、本人の前で言っていいのか？　それを」

坂木くんにツッコまれ、大田くんは、「あ、ホントだ」とのん気な様子。神谷さんは、みるみるうちに赤くなり、握りこぶしを前に出す。

「人任せにしたり、こういう場でそういうこと言ったりする人なんて、ね、願い下げだわ」

「うん、いいね。俺、怒られるの好き」

まるで響いていない大田くんは、飄々としながら口角をわずかに上げる。彼の笑った顔を初めて見た。神谷さんの赤面を見たのも初めてだし、なんだか面白い。私はクスクス笑いながら、「ウノ」と宣言した。

「なんか、俺に対する反応と違って、ショック……」

反対隣からそんな小声が聞こえたけれど、ウノは続く。

「あ、あがり！」

ほどなくして、私が一番にあがることができた。ちょっと声を大きくしてしまい、四人が瞬きをする。

「紺野、いい声出たな」

目の前に座っていた坂木くんが優しく笑って、私を見た。気付けば、周りのみんなが私たちを興味津々の目で見ている。そうだろう、まったくキャラクターの違う五人が、休み時間に円になってウノをしているのだから。

けれど、やっぱりその視線は全然気にならなかった。それどころか、少し気持ちよく感じる。

「新ー、ちょっとお願いがあるんだけどさ……って、なに？　ウノしてんの？　みんなお前の友達？」

そのとき、違うクラスから教室に入ってきた男子が、坂木くんに声をかけてきた。

振り返った坂木くんは、ためらいもせずに答える。

「うん、友達」

「え？」

すると、私と神谷さんだけ、そんな声が重なった。こちらに向きなおった坂木くんは、得意そうな顔で微笑む。

「ウノを一緒にしたらもう友達だろ、みんな」

神谷さんと目を合わせた私は、短くなった髪を手櫛で整え、ゆるみそうな頬を耐えた。神谷さんも、少し紅潮した顔で口もとに力を入れていた。


昼休み、私は中庭で神谷さんとお弁当を食べていた。あれから、毎日一緒だ。

「紺野さん、次の休みの日、また映画に行かない？」

「行く」

神谷さんに誘われて、私はふたつ返事で答える。

「映画の前後はどうする？　私、あんまり遊びに出かけたことないんだけど、紺野さんはしたいことある？」

「私もあんまりないからわからないんだけど……みんなは買い物とかカラオケとか行くのかな」

「カラオケは無理！」

すると、急に神谷さんが怖い顔をした。

「私、音痴なの。音羽って名前だから上手だって決めつけられるんだけど、本当に下手なの。〝音〟が名前に入っているからって、美声だとか歌がうまいって決めつけないでほしいわ、ホント」

力説する神谷さんに噴き出しながら、うなずく。

「わかる。私も名前に〝美〟が入ってるから、ごめんなさいって感じだもん」

「それはまた別の話よ」

そこから、美しさとはなにかという神谷さんの持論が展開された。神谷さんは、博学だし、いろんなことをけっこう深く考えているから、驚かされることも多い。面白い映画も紹介してくれるし、話していて話題が尽きることがない。

最近では、お昼ご飯だけじゃなく、体育のペア作りとか、教室移動のときも一緒だ。友達をたくさん作りたいとは思わない。全員から嫌われたくないとか、浮きたくないなんてことも、もう思わない。

私をちゃんとわかってくれて、私もちゃんとわかりたいという相手がいるだけで、心はかなり強くなった気がする。それに、多数決で多いほうの人間としか友達になれないなんて、そんな決まりはないんだ。

「私……」

神谷さんは箸を片付けて、ぽつりと言った。

「中学のときに『神谷さんのせいで私までいじめられる』って言われて友達を失ってから、友達を作るのをあきらめてたの」

横にいる私を見て、眉を下げて笑う神谷さん。私は、相槌の代わりにゆっくりとうなずく。

「最初はね、腹が立ったの。いじめる人にはもちろんだけど、それで離れていく友達にも。でも、他のグループに行って笑ってるその子を見たら、あぁ、邪魔者は私だったんだな、って思って」

「ち、違うと思う」

私は、見たことのないその子の笑顔が、中学生の自分と同じ作り笑顔だったんじゃないかと思った。きっと、彼女は私と一緒で臆病だったんだ。その他大勢と同化することでしか、自分を保てなかった。神谷さんみたいに、確かなアイデンティティーを持てていなかったんだ。

「ありがと」

神谷さんは、私が気を使っているのだと思ったようで、ふっと微笑み、そして続ける。

「それでね、自分が関わらないほうがみんなうまくいくっていう悟りを開いたの。だから、クラスメイトとの会話も最小限にして、声をかけてくる男子も無視して。……あー、でも、グループ学習のときの孤立感はキツかったな。誰も私を入れたがらないし、入っても腫れものを扱うみたいだったし」

思い出すように空を仰ぐ神谷さん。普通に言ってるけれど、きっとたくさん傷付いてきたんだろう。そのキツさは、十分すぎるくらいわかる。

「だから、さっきみたいにグループで楽しく話したりウノしたりする未来があるなんて、これっぽっちも思えなかった」

空を見ていた神谷さんが、パッと私へと顔を戻した。その顔が本当に晴れやかできれいに目に映る。

「この学校に来て、よかった。紺野さんと友達になれて、よかった」

それを聞いて、胸の奥から熱いものがわきあがってきた。中庭の景色が鮮明になり、吹く風さえも、今までと全然違うようだ。

「こ……こっちこそだよ」

「ううん。だって、私は頑固だし、かわいげも愛想もないし、それを変えるつもりもないし。欠点だらけで……」

全部持っているような神谷さんでも、そんなことを思うんだな。

「神谷さんのそれ、欠点じゃなくて、ただの特徴だよ。私のほうこそ、ネガティブで、弱気で、自信がなくて、それこそ欠点だらけだよ」

「紺野さんのそれも、欠点じゃなくて特徴よ？」

顔を見合わせると、先にふっと神谷さんが微笑む。それを見て、私もつられて笑ってしまう。

「ありがとう。私、紺野さんのそういうところ、好きだわ」

神谷さんのストレートな言葉に、私は唇を食みながら「……どうも」と答えた。膝がもじもじして落ち着かない。女なのに、キュンとしてしまったじゃないか。

神谷さんのこういう部分を知ったら、みんなもっと彼女に熱を上げるんだろうな。

私は、神谷さんの素敵なところを見られるのが嬉しくて、ちょっとした優越感を覚えた。


放課後、ホームルームが終わってバッグを肩にかけると、坂木くんがこちらへ歩いてきた。

「紺野、今から用事ある？」

「ないけど……どうしたの？」

「ウノしてたときに話しかけられたじゃん？　あいつ、三組の図書委員でさ、今日だけ放課後ふたりとも予定があるみたいで、代わりに当番お願いできないかって頼まれたんだ」

坂木くんは、図書室の方向へと親指を立てる。

「紺野も暇なら、一緒にいい？」

「うん。大丈夫だよ」

正直言うと、ちょっとだけ緊張している。なぜなら、坂木くんとふたりだけで話すのは、かなり久しぶりだからだ。あの土曜日に言い合いをしてしまってから、そのことについては互いに触れずにいた。

ふたりだけで歩く廊下は、当番初日以来だ。周りの目を気にしてずっと時間差で図書室へ向かっていたから、今、不思議な気分だ。

よく周りを見たら、みんなそこまで私たちのことを見ていない。一部の噂好きな人にとらわれて、本当に自分は自意識過剰だったんだなと思い知る。

図書室に着くと、以前と同じようにカウンターの中に並んで座った。誰もいないみたいで、坂木くんが真ん中の椅子にオセロを準備しだしたので噴き出してしまう。

「するだろ？」

「うん」

真ん中に白と黒を並べて始めるオセロは、小気味いい音でコマがひっくり返されていく。穏やかな時間と空気が流れる図書室。私は、自然と坂木くんに話しかけていた。

「坂木くん、ごめんね。あの土曜日……観覧車に乗った日」

坂木くんは、どこに自分のコマを置こうか腕組みをして考える仕草のまま、口角を上げる。

「あー、あの日ね。エトジュン事件だな、あれはもはや」

そして、パチンと黒を置く。

「坂木くんの言うように、私は自分で自分のことを特別扱いしすぎてた。自意識過剰だったんだと思う」

間の白を黒へと返していく坂木くんは、微笑んだままなにも言わない。

「私、ずっと……自分があの中三の一年間をつまらないものにしてしまったっていう引け目と恥があったの。あの期間を棒に振ったって思いたくなくて、受験勉強も意地になって頑張るくらい」

そう、勉強も、トキカプのアラタも、あの一年間の私を正当化するためのものだった。自分がダメな人間だって認めたくなくて、必死にすがったものだった。

「それで、自分のことを誰も知らない高校に入って、新しい自分として頑張りたかったんだけど……。でも、過去とか自分を隠すことに必死で、頑張り方を間違えてた。今なら、坂木くんの言ってくれたことが全部わかる」

坂木くんの指が止まり、私の番になる。坂木くんは、カウンターで頬杖をついた。斜めにした顔をこちらへ向けて、じっと私を見つめる。

「俺さ、実を言うと、入院中の手術で、死ぬ可能性が二、三割あったんだ」

「……え?」

予想していたものとはまるで違う急な言葉に、私は硬直した。

〝死ぬ可能性〟……？

頭の中で繰り返すと、冷たいものがぞわりと背筋を這い上がったような錯覚がして、ごくりと唾を飲む。そんな私をよそに、坂木くんは淡々と続けた。

「死ぬかもしれないってなると、やっぱり思春期なりにいろいろ考えるんだよね。今まで些細なことで二の足を踏んでたこと、なにも気にせずやっておけばよかったなーとか、この先出会うはずの人とか仲よくなる人、どのくらいいるのかなーとか」

そこまで言うと、坂木くんはくいっと片方の口角を上げ、鼻を鳴らした。

「そしたらさ、欲張りになっちゃったんだ。やりたいこととか悔やんでることとか、あと、ちゃんと話してみたら仲よくなれるはずの人とか、ひとつ残らず取りこぼしたくはないなって」

以前、ここで坂木くんと話したことを思い出す。あのとき彼は、人間欠乏症になったとか、留年したけどひとつ年下の人たちにめちゃくちゃ話しかけて仲よくなったと言っていた。

私は、坂木くんがみんなと壁がないのは、生まれつきみたいなものだと思っていた。最初から完璧な人だと思っていた。そんなふうにたくさん悩んで考えた末に今の坂木くんがいるなんて、ちっとも思っていなかったんだ。

『坂木くんみたいな完璧な人にはわからないよっ！』

そんなことを言ってしまった自分が恥ずかしい。

「だから、それを紺野にも押しつけたのかもしれない。最初からあきらめようとしてるのを見て、ほっとけなかった。紺野にとっては難しいことだっていうのは十分わかってたけど、紺野の心につっかえてるものを、些細なことだと思えるように練習をしてもらいたいなって……そう思ったんだ」

目から頬、そして顎へと、生温いものがひと筋伝ったのを感じた。涙がひと粒、ぽつりと膝の上のこぶしに落ちる。

「まぁ、もうできたみたいだからよかったけ……え？　ちょっと待って紺野、なんで泣くの？」

「ごっ、ごめん……ほ、本当に……ごめん」

ごしごしと目をこすり、ごめんを繰り返す。自分の浅はかさが嫌になる。坂木くんに比べて、自分はなんて子どもだったんだろう。

坂木くんは、まるであやすように私の頭を撫で、微笑んだ。涙で目が潤んでいるからだろうか、坂木くんがキラキラと見える。

「あとさ、俺が言いたかったのはさ、紺野は変な努力をしなくてもいいところがあるし、それに気付いてくれるヤツはいるよ、ってことだったんだけどね」

「私は、そんなふうに言ってもらえる人間じゃないよ」

鼻をすすり、白いコマを置いてそう言うと、小さな沈黙ができた。坂木くんへ目を戻すと、彼は私の言葉に不服そうな顔をしている。

「友達でも友達じゃなくてもみんなに平等に協力したり、思いやったりするところ、いいと思うよ。紺野がカミヤンを助けようとしているとこ何度も見たけど、かっこいいって思ったもん」

「あれは……」

「カミヤンが紺野のこと好きになるの、わかるよ」

……これだ、江藤くんが言っていた、ナチュラルタラシ。顔が火照ってきた私は、返す言葉が見つからず、ちらりと坂木くんの目を見てから、オセロへとまた視線を戻す。

坂木くんは頭のうしろで手を組んで、背中を折りたたみ椅子の背に預けた。空気がふっとほどける。

「そもそもさ、紺野は全然相談してくれないよな。俺のほうが先に仲よくなったはずなのに、いつの間にかカミヤンとエトジュンとだけＬＩＭＥ交換とかしてるしさ」

「それは……」

神谷さんはともかく、江藤くんに関しては、やむをえなかったんだ。ていうか、坂木くんは、そんなことを気にしていたの？

「そうそう、エトジュン事件にしてもさ、俺にひと言言ってくれれば、あんなふうに揉めなかったはずなのに」

「だって、そんな間柄じゃなかったというか……」

「オセロしたら、もう友達だろ？　もっと頼ってよ」

今日のウノと同じように、当たり前のように言ってのける坂木くん。その裏表がなくて爽やかすぎる顔に、胸がぎゅっとつかまれる。

なんで坂木くんはこんなに優しいのだろうか。私はなぜか彼を直視できなくなって、指を動かした。角を取って、黒を白へといくつも返していく。

「そういえばさ、エトジュンがＬＩＭＥがどうのこうのって何度も言ってるけど、あれ、結局なんだったの？」

「え？」

急に話題が変わって、私はパッと顔を上げた。すると覗きこんでいた坂木くんの顔が間近にあり、慌ててのけぞる。

「や、ごめん。エトジュンに注意したくせに、俺も野次馬みたいだな。ほら、俺のことを好きだとかなんだって誤解があったみたいだし、ちょっと気になってて」

坂木くんも、自分の鼻をかきながら目線を外す。

「あと、オオタンといい感じだったから、実は俺も紺野とオオタンはデキてるのかなって思ってたんだ。なんか、やたらとさわってるし？　近いし？」

「ち、違うよ、私は……」

私は？

自問自答して、急に体が熱くなった。坂木くんが私の言葉の続きを待って、じっとこちらを見つめている。誰だろう、これは。アラタとは全然違う。

瞬時に目の前の男の子の輪郭が、くっきりと私の目に映った。坂木新、一歳年上の同級生、友達、図書委員同士、今ふたりきり……。

なによりもリアルな坂木くんと、このシチュエーションを意識してしまい、なにを質問されていたのか一瞬わからなくなる。そう、そうだ、ＬＩＭＥについてだった。

「あれは、アラタと……」

言いかけて、ハッとする。混乱して口走ってしまった。

「アラタ？」

「ううん、違う。アラタ……新しい出会いを求めて、あ、アプリで、あの」

「もしかしてマッチングアプリ？」

「そ、そんな感じ」

すると、坂木くんの顔色が変わった。腕を組み、睨むような顔を寄せてくる。折りたたみ椅子がギッと鳴り、私は首をすぼめた。

「いやいや、ダメでしょ。なにしてるの？　紺野」

「だって……」

「いろいろすっ飛ばして、彼氏が欲しいってこと？　普通、身近な人とか友達からでしょ、そういうのは」

「身近な人……友達……」

復唱すると、こちらへ前のめりになっていた坂木くんと目が合う。妙な空気が流れ、またお互いにそれとなく視線を外した。それから、パチパチとオセロの音だけが、静かな図書室に響き続ける。

「ハハ……」

私はなんだか笑えてきて、コマを返しながら口を開いた。

「坂木くんて、人のことを真剣に考えてくれるよね。そういうところが周りのみんなを惹きつけるんだと思う」

「そうかな」

「うん。私も坂木くんみたいになりたい」

そう言って微笑むと、坂木くんは唇を引っこめて、こめかみをかいた。神谷さんのときと一緒で、お互いのいいところを言い合うと、ちょっと気恥ずかしい。でも、相手の無防備な表情が見られて、得をしたような気持ちになる。

「あ」

最後のひとコマを裏返すと、坂木くんが唇をへの字に曲げた。

「オセロ、紺野にとうとう負けた」

やっと一勝できた私は、トキカプ以来の小さなガッツポーズをしたのだった。


五時半になり、図書室の施錠を終えた私と坂木くんは、昇降口の屋根の下で横並びにたたずんでいた。雨が激しく降っていたからだ。

「これは……傘を差しても濡れそうだな」

「うん」

私は折りたたみ傘をバッグから取り出してうなずく。

「俺は、その傘すら持ってきてないんだけど」

大雨でかき消されそうなその言葉を耳に入れ、私は正面に見える校門を眺めながら固まった。頭のなかに、トキカプみたいな三択コメントが出てくる。

【①私の傘に入って、一緒に帰る？】

【②この傘、使って】

【③先に帰るね。バイバイ】

どの選択肢も難易度が高い。私は眉間に手をあてて、考えこむ。

「あ、そうだ。紺野、ちょっと待ってて。俺、電話するから」

けれど、坂木くんはなにかを思いついたようにスマホを出して、どこかへ電話をかけ始めた。あまりよく聞こえなかったけれど、最後に「お願いしまーす」と軽い声で言って電話を切ったのがわかった。

「俺の親戚が近くに住んでてさ、親が仕事で遅いときとか、弟と妹と一緒に、たまに世話になってるんだ。今日は叔父さんが早く帰ってきてるみたいで、迎えにきてくれるって。紺野も一緒に送るよ」

「え……そんな、悪いよ」

「この土砂降りで置いていったら、俺、悪者になるでしょ?」

こういうときの坂木くんは、どんなに断っても引かない。だから結局、お世話になることにした。坂木くんの叔父さんに送ってもらうなんて、一気に彼の内側にお邪魔する感じがして落ち着かないけれど。

迎えにきてくれた車のところまでは、相合傘で走った。いくぶん雨は弱まっていたけれど、坂木くんと肩が触れるたびに心臓が口から出そうになった。

「どうぞー」

「お、お邪魔します。よろしくお願いします」

心臓の早鐘がおさまらぬままワゴン車に乗りこんだ私は、運転席のおじさんに挨拶をし、坂木くんに続いて中に入る。おじさんといっても四十歳前後で、若々しくてかっこいいおじさんだ。さすが、坂木くんの叔父さん。

感心しながら坂木くんの横に座ると、おじさんが私と坂木くんの間にある袋を指差して言った。

「新、今日ちょうど、ケーキ屋に寄っていろいろ買ってきたんだ。お前の好きなマカロンもあるぞ。小分け袋入ってるから、彼女にもお裾分けしなさい」

「やった。紺野もいるだろ？」

「い……いいんですか？　すみません。いただきます。ありがとうございます」

坂木くんの喜びようを見て、本当に好きなんだなとわかる。ていうか、おじさんは知っているんだな、坂木くんのマカロン好き。

「鈴奈《すずな》を迎えにいったら、ケーキ屋に寄ってきかなくてな。ほら、鈴奈、ちゃんと挨拶しなさい」

「こんにちはー！」

助手席からぴょこっと顔が出た。気付かなかったけれど女の子が乗っていたようで、驚いた私は、思わず「わっ」と声を出してしまった。

「鈴奈は俺のいとこ。小三」

「うん、もうすぐ八歳！　……ん？　あれ？」

鈴奈ちゃんは私と目が合い、首をかしげた。そして、私も彼女を見たことがあるような気がして見つめ合う。

「あーっ！　クレーンゲーム取ってくれたお姉ちゃんだ！　お父さん、この人だよ」

そうだ。あの土曜日にゲーセンに行ったとき、アラタのマスコットをあげた子だ。正確には、大田くんが取ってくれたものだけれど。

「あぁ、あの日は僕も一緒だったんですが、お礼ができずにすみませんでした」

「いえ、全然です」

すごい偶然だ。まさか、この子が坂木くんのいとこだったなんて、世間は狭い。

坂木くんの叔父さんに聞かれ、住所の説明をすると、車が発進した。すると、坂木くんが「あぁ」と思い出したように話題を続ける。

「その日って、俺もゲーセンで叔父さんにあった日か」

「そうだよ。新と話しているときに、新の彼女に取ってもらったみたい」

「紺野は彼女じゃないって」

坂木くんがおじさんに説明している。私は恥ずかしくなって、下を向いた。そのときだった。鈴奈ちゃんがうしろの坂木くんに向けて爆弾を投下したのは。

「そういえば、このお姉ちゃんに取ってもらったの、トキカプのアラタなんだよ！」

私はそのひと言に目を見開き、彼女の口を塞ごうと腰が浮く。けれどもちろん、そんなことはできない。

「え？　マジ？」

「そうだったんだよ。ありがとうございます、ホント」

けれど、坂木くんとおじさんの言葉に瞬きを繰り返す。どういうこと？　ふたりともトキカプのことを知ってるの？

「お姉ちゃん、最初からアラタ狙いでクレーンゲームしてたよね！」

「え？　あ、いや……あの」

鈴奈ちゃんの言葉に、二の句が継げなくなる。坂木くんがくるっとこちらを向いて、目を丸くしている。

「紺野……もしかして……トキカプ……知ってる？」

顔面蒼白になった坂木くんが、絶望的な声を出す。どういうことだ？　これは。私は小さなパニックに陥りながらも、指で一センチを作った。

「ちょっ……ちょっとだけ」

すると即座に、坂木くんは訴えてきた。

「紺野、それ絶対やらないで。もしインストールしてたら、今日消して」

「ど、どうして？」

その勢いに気圧されていると、運転しているおじさんがケタケタ笑った。

「ひどいな、新。営業妨害だぞ、それ」

「もとはと言えば、叔父さんが悪いんだろ？　俺のプライバシー完全無視で無断掲載して」

「だから、次のアプデでキャラデザ変更するって言っただろ？」

「それだけじゃダメなんだってば」

なんだなんだ？　どういう会話をしているんだ？　アプデ？　キャラデザ変更？

つい最近聞いたことのある話だ。それに、営業妨害だとか、無断掲載だとか、どことなく運営側っぽいワードの数々……。

私はおじさんと坂木くんの会話のラリーを目で追いながら、口をパクパクと開けたり閉めたりする。そして、その話の流れから、ひとつの可能性に気付き始めた。

「も、もしかして、坂木くんの叔父さんて……」

坂木くんは、ふてくされたような顔をしながらうなだれる。そして、横の私を上目遣いで見た。

「ゲームのシナリオライター兼キャラクターデザイナー。スマホゲームアプリの開発会社からの依頼で、トキカプを手掛けたんだって」

「ええっ！」

本当にそうなの!?　ということは、私の引きこもりの一年を支えてくれた救世主じゃないか！　トキカプを創り出した神様のような存在！　拝みたいくらいだ。

「でも、そのキャラのひとりに、俺を勝手に使ったんだ。顔だけじゃなく、プロフィール的なものまで全部。鈴奈に聞いて、あとから知ったんだけど」

「仕方ないだろ。五十種類もキャラ設定を考えるなんて大変なんだよ。協力してくれてもいいじゃないか。それに、あとひとりで終わりってとき、ちょうどお前の手術前だったんだ。アプリの中でだけでも甥っ子を生かしておきたいっていう愛がわからないのか？」

「勝手に死ぬ前提で入れこまないでよ。俺、生きてるし」

……このやりとり、さっき坂木くんの事情を知ったばかりの私は、どんな顔をして聞けばいいんだ。

「でも、リリースしてから一年ちょっとだし、毎日五時間以上、一年くらいやりこまなきゃリアルなビジュアルにはならないんだ。アラタを選んで、かつ、そのくらいやる相当なヘビーユーザーなんて、現時点でいても片手くらいだろ？　そのうえで、お前と出会う確率なんてほぼゼロのはずだ」

その片手の指の一本……私です。ほぼゼロの確率にも入っています。

肩を上げてかしこまっていると、隣の坂木くんが大きなため息をついた。心底まいっている様子だ。

「まぁ、それでも自分を使われるのは嫌だから、抗議してキャラデザ変更をお願いしたんだけど」

「悪かったって何度も謝っただろ？　それに、そこまで嫌なんだったら、開発会社にかけ合って、キャラを完全消去って話も出してみるからさ」

「それはダメです！」

完全消去という物騒な言葉を耳に入れ、私はとっさに声を上げてしまっていた。両こぶしを握り、腰もわずかに浮いている。

車内が一瞬しんとなり、坂木くんが数秒経ってから「……え？」と言った。そして、口もとに手をあて考えこむ仕草をしたあとで、急に口を開く。

「……あれ？　もしかして、〝アラタ〟って……マッチングアプリの相手じゃ……ない？」

ギクリと口に出して言ってしまいそうになった。すでに確信したかのような顔に移り変わった坂木くん。目が合って、私はヘビに睨まれたカエルのような心地になる。

「紺野、現時点でのアラタのビジュアル、どんな感じ？」

「いや、それは……その……」

「見せて？　お願い」

その圧に抗えず、おずおずとトキカプを起動して見せると、坂木くんは片手で目を覆って背もたれに頭を沈める。

「お姉ちゃん、鈴奈にも見せてー」

「ハハ。嬉しいねぇ。車を停めたら僕にも見せてね」

鈴奈ちゃんとおじさんは、のん気に盛り上がっている。私は、もう恥ずかしいを通り越していた。ここまでさらけ出してしまった以上、あとは野となれ山となれだ。

「アラタのビジュアル変更、アプデしなければ、そのままでキープできるから大丈夫だよ」

おじさんが助言をくれるも、坂木くんは力なく首を横に振る。

「やめて。俺、本当に恥ずかしいから。紺野お願い、消して？」

「えーと……」

どうしたらいいのだろうか。困っていると、坂木くんが私の手を握って訴えかけてきた。

「紺野、俺がいるじゃん。実在してるほうをちゃんと大事にしろよ。毎日見れるし話せるしさわれるんだから」

途端に、沸騰したんじゃないかというほど顔に熱が集まった。なんという決め台詞。アラタに言われる台詞の比じゃない。

「アハハ、お姉ちゃん、真っ赤だ」

「すごいな、新の殺し文句は」

鈴奈ちゃんとおじさんが盛り上がって笑う。すると、坂木くんが我に返ったように手を離し、まごつき始めた。

「え？　あっ、違う、そんな深堀りするような意味はなくて」

耳が真っ赤になっていて、こんな坂木くんを見るのは初めてだ。

あぁ、アラタは本当に実在していたけれど、坂木くんはアラタじゃないんだ。そして、私もそれにちゃんと気付いている。

いくつもの表情があって、感情があって、完璧ではない。それは私も同じで、みんなも同じで、その不完全同士の衝突が、気付きと成長につながっていくのかもしれない。

イメージの押しつけは、坂木くんにだけではなく、他のみんなにもしていたんじゃないだろうか。そして、自分自身にもしていたんじゃないだろうか。

あの人はああだ、自分はこうだ、とイメージを固めてそこからはみださないようにすることは、もしかしたら、とてももったいないことをしているんじゃないかな。ついこの間までの私みたいに。

「私、本物の新のほうが好きだな」

「え？」

「……あれ？」

思わず笑顔で口をついて出ていた言葉に、私ははたと固まる。おじさんは、勢いよく噴き出して、車を私の家の近くで止めた。

「あっ、ありがとうございました！」

ワゴン車のスライドドアを開けて、バタバタと降りる私。頭を勢いよく下げて立ち去ろうとすると、坂木くんまで出てきた。

「紺野、マカロン忘れてる！」

「あ！」

受け取ると、坂木くんは頭をかいて笑った。

「俺さ、紺野の名前をなんて呼ぼうかずっと迷ってたんだ。エトジュンとオオタンとカミヤンはすぐ出てきたんだけど、紺野にコンノンって言うの、なんか変だなと思って」

「あぁ……」

たしかに、坂木くんはすぐにみんなをあだ名で呼ぶのに、私にだけ苗字呼びのままだった。

「下の名前で呼んでも大丈夫？」

「……うん」

照れくささを押し殺してうなずくと、坂木くんは車に戻りながら、眩しい笑顔を見せた。気付くと、いつの間にかやんでいた雨。雲の隙間から射す光がキラキラと地面に落ちてくる。水たまりに映ったボブヘアの私は、案外悪くない。

「じゃあな、美尋」

「うん、バイバイ」

私は、手を振って心からの笑顔を返した。

「また明日、学校で！」

おわり

あとがき

最後までお読みいただき、ありがとうございます。ツッコミどころの多い作品だったかと思いますが、楽しんでいただけたでしょうか？

この作品の案を思いついたとき、乙女ゲームアプリをいくつかダウンロードしてみました。美しいイラストやアニメーション、個性豊かなキャラクター設定、バラエティーに富んだイベントの数々に圧倒され、そして電話やチャットまで疑似体験できるのかと心底驚きました。

当初、トキカプのようなアプリは非現実的かなと思っていたのですが、ＡＩの技術もどんどん進んでいくことを考えると、近い将来実現してもおかしくないですね。本当にできたら、私は大田くんみたいなキャラを選んでみたいです。進化しても変わらないかもしれませんが。笑

美尋の心の拠りどころはアプリの中のアラタでしたが、自分に癒しや生きがいを与

えてくれるものは、人それぞれあるかと思います。周囲の情報を遮断して、ひたすらその世界に没頭することも、素敵なことだし、ひとつの幸せですよね。もしそこが、自分をすべて肯定してくれる世界だったら、なおさらです。

反対に、リアルな世界は面倒ごとが多いし、美尋や神谷さんの言うように傷付け合ってしまうことも少なくないです。その場所から逃げることも、ときには正解だと思います。

でも、なぜか、失敗をしたときや困難に遭遇したとき、そして、自分の痛いところを鋭く突かれたとき、その瞬間はたしかに傷付いて落ちこむのですが、あとから振り返ると、成長できたきっかけだったことが多い気がします。

自分がなりたい自分になれるように、いろんな経験や意見を、食わず嫌いせずにバランスよく取り入れられたらなと常々思います。

最後になりましたが、担当編集者さん、素敵な表紙を描いてくださったうた坊さん、この作品の書籍化に携わってくださったすべての方々に、心から感謝申し上げます。

そして、この本を手に取ってくださった皆さま、本当にありがとうございました！

麻沢　奏

この物語はフィクションです。実在の人物、団体等とは一切関係がありません。

麻沢 奏先生へのファンレターのあて先
〒104-0031　東京都中央区京橋1-3-1　八重洲口大栄ビル7F
スターツ出版（株）書籍編集部 気付
麻沢 奏先生

笑っていたい、君がいるこの世界で

2021年11月28日　初版第１刷発行

著　者　　麻沢 奏　

発 行 人　菊地修一
デザイン　カバー　北國ヤヨイ
　　　　　フォーマット　西村弘美
発 行 所　スターツ出版株式会社
　　　　　〒104-0031
　　　　　東京都中央区京橋1-3-1　八重洲口大栄ビル7F
　　　　　出版マーケティンググループ　TEL 03-6202-0386
　　　　　（ご注文等に関するお問い合わせ）
　　　　　URL　https://starts-pub.jp/
印 刷 所　大日本印刷株式会社

Printed in Japan

ISBN　978-4-8137-1182-7　C0193

この1冊が、わたしを変える。

スターツ出版文庫　好評発売中！！

麻沢《あさざわ》 奏《かな》／著

定価：616円

（本体560円＋税10%）

この恋を奏でたい。

“放課後シリーズ”第3弾

放課後音楽室

ふたりを包み込むピアノの旋律。
あの夏の日が、私を変えた——。

幼い頃から勉強はトップクラス、ピアノのコンクールでは何度も入賞を果たすなど＜絶対優等生＞であり続ける高２の理穂子。彼女は、間もなく取り壊しになる旧音楽室で、コンクールに向けピアノの練習を始めることにした。そこへ不意に現れたのが、謎の転校生・相良。自由でしなやかな感性を持つ彼に、自分の旋律を「表面的」と酷評されるも、以来、理穂子の中で何かが変わっていく一。相良が抱える切ない過去、恋が生まれる瑞々しい日々に胸が熱くなる！

ISBN978-4-8137-0345-7

イラスト／長乃

スターツ出版文庫　好評発売中!!

『交換ウソ日記3～ふたりのノート～』　櫻《さくら》いいよ・著

周りに流されやすい美久と、読書とひとりを好む景は、幼馴染。そして、元恋人でもある。だが高校では全くの疎遠だ。ある日、景は自分を名指しで「大嫌い」と書かれたノートを図書室で見つける。見知らぬ誰かに全否定され、たまらずノートに返事を書いた景。一方美久は、自分の落としたノートに返事をくれた誰かに興味を抱き、不思議な交換日記が始まるが…その相手が誰か気づいてしまい⁉ふたりは正体を偽ったままお互いの気持ちを探ろうとする。しかしそこには思いもしなかった本音が隠されていて――。

ISBN978-4-8137-1168-1／定価715円（本体650円+税10%）

『月夜に、散りゆく君と最後の恋をした』　木村《きむら》 咲《さき》・著

花屋の息子で嗅覚が人より鋭い明日太は同級生の無愛想美人・莉愛のことが気になっている。彼女から微かに花の香りがするからだ。しかし、その香りのワケは、彼女が患っている奇病・花化病のせいだった。花が好きな莉愛は明日太の花屋に通うようになりふたりは惹かれ合うが…臓器に花の根がはり体を蝕んでいくその病気は、彼女の余命を刻一刻と奪っていた。――無力で情けない僕だけど、「君だけは全力で守る」だから、生きて欲しい――そして命尽きる前、明日太は莉愛とある最後の約束をする。

ISBN978-4-8137-1167-4／定価638円（本体580円+税10%）

『鬼の生贄花嫁と甘い契りを』　湊《みなと》 祥《しょう》・著

赤い瞳を持って生まれ、幼いころから家族に虐げられ育った凛。あることがきっかけで不運にも凛は鬼が好む珍しい血を持つことが発覚する。そして生贄花嫁となり、鬼に血を吸われ命を終えると諦めていた凛だったが、颯爽と迎えに現れた鬼・伊吹はひと目で心奪われるほどに見目麗しく色気のある男性だった。「俺の大切な花嫁だ。丁重に扱え」伊吹はありのままの凛を溺愛し、血を吸う代わりに毎日甘い口づけをしてくれる。凛の凍てついた心は少しずつ溶け、伊吹の花嫁として居場所を見つけていき…。

ISBN978-4-8137-1169-8／定価671円（本体610円+税10%）

『大正ロマン政略婚姻譚』　朝《あさ》比《ひ》奈《な》希《き》夜《よ》・著

時は大正十年。没落華族令嬢の郁子は、吉原へ売り渡されそうなところを偶然居合わせた紡績会社御曹司・敏正に助けられる。『なぜ私にそこまでしてくれるの…』と不思議に思う郁子だったが、事業拡大を狙う敏正に「俺と結婚しよう」と政略結婚を持ちかけられ…。突然の提案に郁子は戸惑いながらも受け入れる。お互いの利益のためだけに選んだ愛のない結婚のはずが、敏正の独占欲で過保護に愛されて…。甘い言葉をかけてくれる敏正に郁子は次第に惹かれていく。限定書き下ろし番外編付き。

ISBN978-4-8137-1170-4／定価682円（本体620円+税10%）

スターツ出版文庫　好評発売中!!

『30日後に死ぬ僕が、君に恋なんてしないはずだった』　茉白《ましろ》いと・著

難病を患い、余命わずかな呉野は、生きることを諦め日々を過ごしていた。ある日、クラスの明るい美少女・吉瀬もまた“夕方の記憶だけが消える”難病を抱えていると知る。病を抱えながらも前向きな吉瀬と過ごすうち、どうしようもなく彼女に惹かれていく呉野。「君の夕方を僕にくれないか」夕暮れを好きになれない彼女のため、余命のことは隠したまま、夕方だけの不思議な交流を始めるが——。しかし非情にも、病は呉野の体を蝕んでいき…。

ISBN978-4-8137-1154-4／定価649円（本体590円+税10%）

『明日の世界が君に優しくありますように』　汐見《しおみ》夏衛《なつえ》・著

あることがきっかけで家族も友達も信じられず、高校進学を機に祖父母の家に引っ越してきた真波。けれど、祖父母や同級生・漣の優しさにも苛立ち、なにもかもうまくいかない。そんなある日、父親と言い争いになり、自暴自棄になる真波に漣は裏表なくまっすぐ向き合ってくれ…。真波は彼に今まで秘めていたすべての思いを打ち明ける。真波が少しずつ前に踏み出し始めた矢先、あることがきっかけで漣が別人のようにふさぎ込んでしまい…。真波は漣のために奔走するけれど、実は彼は過去にある後悔を抱えていた——。

ISBN978-4-8137-1157-5／定価726円（本体660円+税10%）

『鬼の花嫁四～前世から繋がる縁～』　クレハ・著

玲夜からとどまることなく溺愛を注がれる鬼の花嫁・柚子。そんなある日、龍の加護で神力が強まった柚子の前に、最強の鬼・玲夜をも脅かす力を持つ謎の男が現れる。そして、求婚に応じなければ命を狙うと脅されて…⁉「俺の花嫁は誰にも渡さない」と玲夜に死守されつつ、柚子は全力で立ち向かう。そこには龍のみが知る、過去の因縁が隠されていた…。あやかしと人間の和風恋愛ファンタジー第四弾！

ISBN978-4-8137-1156-8／定価682円（本体620円+税10%）

『鬼上司の土方さんとひとつ屋根の下』　真彩《まあや》-mahya-・著

学生寮で住み込みで働く美晴は、嵐の夜、裏庭に倒れている美男を保護する。刀を腰に差し、水色に白いギザギザ模様の羽織姿…その男は、幕末からタイムスリップしてきた新選組副長・土方歳三だった！　寮で働くことになった土方は、持ち前の統制力で学生を瞬く間に束ねてしまう。しかし、住まいに困る土方は美晴と同居すると言い出して…⁉　ひとつ屋根の下、いきなり美晴に壁ドンしたかと思えば、「現代では、好きな女にこうするんだろ？」——そんな危なっかしくも強くて優しい土方に恋愛経験の無い美晴はドキドキの毎日で…⁉

ISBN978-4-8137-1155-1／定価704円（本体640円+税10%）

スターツ出版文庫　好評発売中!!

『記憶喪失の君と、君だけを忘れてしまった僕。2～夢を編む世界～』　小鳥居《ことりい》ほたる・著

生きる希望もなく過ごす高校生の有希は、一冊の本に出会い小説家を志す。やがて作家デビューを果たすが、挫折を味わいまた希望を失ってしまう。そんな中、なぜか有希の正体が作家だと知る男・佐倉が現れる。口の悪い彼を最初は嫌っていた有希だが、閉ざしていた心に踏み込んでくる彼にいつしか救われていく。しかし佐倉には結ばれることが許されぬ秘密があった。有希は彼の幸せのために身を引くべきか、想いを伝えるべきか揺れ動くが…。その矢先、彼を悲劇的な運命が襲い——。1巻の秘密が明らかに!? 切ない感動作、第2弾！

ISBN978-4-8137-1139-1／定価693円（本体630円+税10%）

『半透明の君へ』　春田《はるた》モカ・著

あるトラウマが原因で教室内では声が出せない“場面緘黙症”を患っている高２の柚葵。透明人間のように過ごしていたある日、クールな陸上部のエース・成瀬がなぜか度々柚葵を助けてくれるように。まるで、彼に自分の声が聞こえているようだと不思議に思っていると、成瀬から突然『人の心が読めるんだ』と告白される。少しずつふたりは距離を縮め惹かれ合っていくけれど、成瀬と柚葵の間には、ある切なすぎる過去が隠されていた…。“消えたい”と“生きたい”の間で葛藤するふたりが向き合うとき、未来が動き出す——。

ISBN978-4-8137-1141-4／定価671円（本体610円+税10%）

『山神様のあやかし保育園二～妖こどもに囲まれて誓いの口づけいたします～』　皐月《さつき》なおみ・著

お互いの想いを伝え合い、晴れて婚約できた保育士のぞみと山神様の紅。同居生活をスタートして彼からの溺愛は増すばかり。でも、あやかし界の頂点である大神様のお許しがないと結婚できないことが発覚。ふたりであやかしの都へ向かうと、多妻を持つ女好きな大神様にのぞみが見初められてしまい…。さらに大神様の令嬢、雪女のふぶきちゃんも保育園に入園してきて一波乱!?果たしてふたりは無事結婚のお許しをもらえるのか…？保育園舞台の神様×保育士ラブコメ、第二弾！

ISBN978-4-8137-1140-7／定価693円（本体630円+税10%）

『京の鬼神と甘い契約～天涯孤独のかりそめ花嫁～』　栗栖《くりす》ひよ子・著

幼い頃に両親を亡くし、京都の和菓子店を営む祖父のもとで働く茜は、特別鋭い味覚を持っていた。そんなある日、祖父が急死し店を弟子に奪われてしまう。追放された茜の前に浮世離れした美しさを纏う鬼神・伊吹が現れる。「俺と契約しよう。お前の舌が欲しい」そう甘く迫ってくる彼は、身寄りのない茜を彼の和菓子店で雇ってくれるという。しかし伊吹が提示してきた条件は、なんと彼の花嫁になることで…!?祖父の店を取り戻すまでの期限付きで、俺様&溺愛気質な伊吹との甘くキケンな偽装結婚生活が始まって——。

ISBN978-4-8137-1142-1／定価638円（本体580円+税10%）

スターツ出版文庫　好評発売中!!

『今夜、きみの声が聴こえる～あの夏を忘れない～』　いぬじゅん・著

高２の咲希は、幼馴染の奏太に想いを寄せるも、関係が壊れるのを恐れて告白できずにいた。そんな中、奏太が突然、事故で亡くなってしまう。彼の死を受け止められず苦しむ咲希は、導かれるように、祖母の形見の古いラジオをつける。すると、そこから死んだはずの奏太の声が聴こえ、気づけば事故が起きる前に時間が巻き戻っていて――。咲希は奏太が死ぬ運命を変えようと、何度も時を巻き戻す。しかし、運命を変えるには、代償としてある悲しい決断をする必要があった…。ラスト明かされる予想外の秘密に、涙溢れる感動、再び！

ISBN978-4-8137-1124-7／定価682円（本体620円＋税10%）

『余命一年の君が僕に残してくれたもの』　日野祐希《ひのゆうき》・著

母の死をきっかけに幸せを遠ざけ、希望を見失ってしまった瑞樹。そんなある日、季節外れの転校生・美咲がやってくる。放課後、瑞樹の図書委員の仕事を美咲が手伝ってくれることに。ふたりの距離も縮まってきたところ、美咲の余命がわずかなことを突然打ち明けられ…。「私が死ぬまでにやりたいことに付き合ってほしい」――瑞樹は彼女のために奔走する。でも、彼女にはまだ隠された秘密があった――。人見知りな瑞樹と天真爛漫な美咲。正反対のふたりの期限付き純愛物語。

ISBN978-4-8137-1126-1／定価649円（本体590円＋税10%）

『かりそめ夫婦の育神日誌～神様双子、育てます～』　編乃《あみの》　肌《はだ》・著

同僚に婚約破棄され、職も住まいも全て失ったみずほ。そんなある日、突然現れたのは、水色の瞳に冷ややかさを宿した美神様・水明。そしてみずほは、まだおチビな風神雷神の母親に任命される。しかも、神様を育てるために、水明と夫婦の契りを結ぶことが決定していて…⁉「今日から俺が愛してやるから覚悟しとけよ？」強引な水明の求婚で、いきなり始まったかりそめ家族生活。不器用な母親のみずほだけど、「まぁま、だいちゅき」と懐く雷太と風子。かりそめの関係だったはずが、可愛い子供達と水明に溺愛される毎日で――⁉

ISBN978-4-8137-1125-4／定価682円（本体620円＋税10%）

『後宮妃は龍神の生贄花嫁　五神山物語』　唐澤和希《からさわかずき》・著

有能な姉と比較され、両親に虐げられて育った黄煉花。後宮入りするも、不運にも煉花は姉の策略で身代わりとして恐ろしい龍神の生贄花嫁に選ばれてしまう。絶望の淵で山奥に向かうと、そこで出迎えてくれたのは見目麗しい男・青嵐だった。期限付きで始まった共同生活だが、徐々に距離は縮まり、ふたりは結ばれる。そして妊娠が発覚！しかし、突然ふたりは無情な運命に引き裂かれ…「彼の子を産みたい」とひとり隠れて産むことを決意するが…。「もう離さない」ふたりの愛の行く末は⁉

ISBN978-4-8137-1127-8／定価660円（本体600円＋税10%）

書店店頭にご希望の本がない場合は、書店にてご注文いただけます。